망하나
놀라 인생

마히나 훌라인생

Mahina Hula Life

김정아 지음

라라

Contents

이제는 훌라 한 곡이면, 아무리 힘든 하루였더라도 하루를 다시 시작할 수 있다. 훌라는 내 삶을 살짝… 아니, 아주 크게 바꿔놓았다.

나는 어릴 적부터 춤을 춘 사람도 아니고 댄스 강사와는 거리가 먼 평범한 사람이었다. 그런데 어느 날 파우 스커트를 입고 음악에 맞춰 춤을 추던 중 훌라 바람이 마음 안으로 훅 들어왔다. 그때 알았다. 아, 이건 그냥 춤이 아니구나!

훌라는 내 마음을 숨 쉬게 하고 자유롭게 움직이게 한다. 몸이 축 처지는 날에도 훌라를 시작하면 이상하게 힘이 솟는다. 머리부터 발끝까지 온몸에 생기가 돈다. 음악을 들으며 손끝에 이야기를, 발걸음에 감정을 싣다 보면 하루의 피곤함이 바람처럼 날아간다. 그 순간 만큼은 세상 근심이 사라지면서 나만의 작은 하와이가 열린다.

이 좋은 걸 나 혼자만 알고 있다니 너무 아까웠다. 그래서 훌라를 알리는 사람이 되기로 마음먹었다. 나는 공연이나 수업에서 처음 훌라를 만나는 사람들에게 누구나 할 수 있는 춤이라고 전한다. 나이, 경험, 몸 상태는 중요하지 않다. 마음과 손만 움직일 수 있으면 된다. 무엇보다 훌라는 사람과 사람을 이어주는 다리다. 처음 만난 사람도 웃게 만들고, 전혀 다른 이야기를 가진 사람들도 하나의 리듬 속에서 친구가 된다.

이 책은 이 마음을 전하기 위해 썼다. 몸쓰기 시리즈 속에서 훌라 이야기를 한다는 건 즐겁고 흥겨운 삶을 살고 싶은 사람에게 춤을 소개하는 일인 것 같다. 부드러운 달빛처럼, 시원한 파도처럼 따뜻한 바람처럼 훌라는 언제나 우리 곁에 있다. 이제 그 친구를, 내가 아끼는 훌라를 당신에게 소개한다.

Chapter 1

파우를 입고 인생이 달라졌다

파우를 입던 날 훌라가 시작되었다

벨리댄스 수업을 마치고 나오던 어느 날이었다. 문을 나서는 순간, 눈앞을 스치던 화려한 오렌지 빛 스커트 하나가 내 발길을 붙잡았다. 커다란 플루메리아 꽃이 그려진 치마는 햇살처럼 반짝였다. 나는 나도 모르게 입을 열었다.

"이 옷을 입고 무슨 춤을 추세요?"

그녀는 수줍게 웃으며 대답했다.

"하와이 전통춤 훌라요"

그 대답을 듣는 순간 설명할 수 없는 끌림이 느껴졌다. 어떤 춤인지도 어떤 리듬인지도 몰랐지만 저 스커트를 입고 춤을 추고 싶다는 마음만은 확실했다. 나는 그날 바로 훌라 수업을 검색했고 며칠 뒤 수강 신청을 마쳤다.

한눈에 반해 버린 치마는 '파우'라고 불리는 훌라 전통 의상이었다. 파우를 입고 처음 거울 앞에 섰을 때 왠지 내 몸이 낯설게 느껴졌다. 스커트 자락이 살랑일 때마다 내 감정이 스며드는 것 같았다. 예쁜 옷을 입고 춤추고 싶어 훌라를 시작했지만 점점 파우를 입은 후부터 내 몸이 적극적으로 반응하기 시작했다. 손끝이 말을 걸고 발끝이 노래하는 감각이 참 신기하고 좋았다. 훌라의 매력은 겉으로 보이는 아름다운 모습뿐 아니라 몸의 움직임을 통해 드러나는 마음의 흐름과 그것을 이해하는 과정에 있었다. 춤을 추면 출수록 나 자신을 더 이해하게 되었고, 마음속 어딘가 묶여 있던 감정들이 서서히 풀려나와 나를 칭찬했다. 춤을 통해 몸이 열리면서 마음도 따라 열린 것이다.

이미 15년 넘게 벨리댄스를 춰온 나에게 춤을 추는 일 자체는 낯설지 않았다. 하지만 훌라는 취미로 하던 벨리댄스와는 달랐다. 그리고 무엇보다 훌라를 일반 취미로써 배우고 싶지 않았다. 이왕이면 제대로 배워서 더 깊게 알고 싶었다. 그래서 훌라 자격증 과정을 등록했다. 기초 동작과 안무를 익히고 이론과 실기를 겸하며 훌라의 역사와 철학, 하와이 문화 속에 자리 잡은 이 춤의 상징성을 온몸으로 배웠다. 하와이어 가사를 해석하며 손동작 하나하나에 담긴 이야기를 따라갔다. 손끝으로 흐르는 훌라는 파도가 되고, 바람이 되고, 사랑이 되었다. 벨리댄스가 리듬을 따라 강렬하게 흐르는 춤이라면 훌라는 감정을 따라 천천히 흘러가는 춤이다. 몸의 리듬보다 마음의 흐름이 더욱 중요하다. 마음이 준비된 후에 몸의 중심 이동에 따라 발이 따라 이동하고, 손은 마치 하늘에 그림을 그리듯 감정을 풀어낸다. 훌라는 그렇게 나에게 천천히 그러나 진심으로 다가왔다.

자격증 과정 실기시험 날 첫 인사말로 "알로하, 훌라댄스 강사

김정아입니다"라고 말했다. 그 말을 내뱉는 순간 지금 선택한 이 길을 앞으로도 계속 걷고 싶을 것 같다는 확신이 들었다. 하지만 자격증을 취득한 후에 바로 강사로 활동하지는 않았다. 춤을 잘 추는 사람이 되고 싶다는 욕심보다는 다른 사람의 몸을 읽고, 감정을 어루만질 수 있는 훌라에 진심인 강사가 되고 싶었다. 그래서 다른 선생님들과 함께 지도자 과정 수업에 꾸준히 참여하며 훌라를 더 깊이 배우고 나를 다듬어갔다. 그리고 준비가 되었다는 마음이 들었을 때 비로소 첫 수업을 열었다.

롯데마트 영통점에서 시작한 첫 수업에는 아홉 명의 회원이 함께했다. 회원 중에는 아파트에서 마주쳤던 이웃도 있었고, 벨리댄스를 함께했던 지인도 있었다. "훌라가 뭔지는 모르지만 친구 따라 한번 와봤어요"라고 말하는 사람도 있었다. 그들과 함께 수업을 시작하며 나는 춤을 잘 추게 하는 기술을 가르치는 것도 중요하지만, 함께 춤을 추는 사람과의 관계도 소중하다는 것을 알게 되었다. 좋은 수업은 좋은 관계 안에서 자라고 신뢰 속에서 피어난다. 그렇게 나도 회원들도 훌라에 푹 빠져 열심히 연습하던 중 회원들의 요청으로 반 한 개를 더 개설하게 되었다. 이어서 수원체육문화센터 교실에도 훌라 수업을 개설했다. 따사로운 햇빛이 내리쬐는 수원체육문화센터 교실에는 큰 창문이 있었다. 그 창밖으로 보이는 나무들 덕분에 계절의 변화를 온몸으로 느낄 수 있었다. 그곳에서 훌라를 추며 보낸 시간은 훌라가 자연과 하나 되는 춤이라는 사실을 내 몸으로 깨닫게 해 주었다.

훌라는 나에게 좋은 춤꾼과 좋은 강사는 전혀 다른 존재라는 것을 알려 주었다. 잘 추는 것만으로는 충분하지 않았다. 어떻게 해야 내가 느낀 감정을 회원에게 전할 수 있을까? 어떻게 해야 처음 배우는 이들도 편안하게 몸을 움직일 수 있을까? 이런 고민의 시간은 결국 나에게 중요한 깨달음을 주었다. 춤을 가르친다는 것은 기술을 전달하는 일이 전부가 아니다. 오히려 태도가 더 큰 힘을 가진다. 배운 것을 뽐내기보다, 한 사람 한 사람이 춤과 친해질 수 있도록 기다려주는 마음, 그 마음이야말로 훌라 강사가 되기 위한 진짜 준비였다.

나는 훌라를 통해 사람들이 몸과 마음을 다시 연결할 수 있도록 돕는 사람이 되고 싶다. 훌라를 추는 그들이 손끝으로 감정을 느끼고, 몸의 움직임을 통해 스스로를 발견할 수 있도록 돕는 길잡이가 되고 싶다. "훌라는 남과 비교하는 춤이 아니에요. 틀려도 괜찮아요. 자신의 감정을 담아 자유롭게 표현하면 그게 바로 훌라예요." 수업 중에 내가 자주 하는 말이다. 나는 훌라를 만나 몸과 마음이 바뀌었고 인생도 바뀌었다. 그 모든 시작은 스커트 하나에 반해서 시작된 작은 호기심이었다. 하지만 그 길 위에서 진짜 내 몸을 만나고, 진심으로 하고 싶은 일을 발견했다. 훌라는 내게 몸을 열고 마음을 여는 법을 가르쳐 주었다. 그 배움을 통해 이제는 누군가의 몸과 마음을 움직이는 일을 하고 있다. 앞으로도 아름답게 훌라를 추며 살아가고 싶다. 내 인생의 리듬은 이 순간에도 훌라처럼 천천히 흐르고 있다.

자연과 하나가 되는 춤

햇살이 얼굴을 스치고 바람이 옷깃을 건드리는 순간 몸이 자연스럽게 반응한다. 나무 아래 눈을 감고 맨발로 서 있으면 발바닥으로 흙의 온기가 전해지고 귀에 닿는 바람 소리를 따라 가슴이 조용히 들썩인다. 하와이의 바다와 나무, 새소리, 파도, 별빛과 꽃잎… 훌라는 손끝과 발끝으로 자연의 감각을 기억하고 몸으로 그것을 전한다. 훌라는 몸의 움직임만 기억하는 것이 아니라 손으로 감정을 그려내고 스텝으로 마음을 꺼내며 이어가는 방식의 춤이다. 나는 훌라를 통해 마음속에 있는 감정을 세상 밖으로 마음껏 표현하는 새로운 삶의 방식을 배우고 있다. 말보다 몸의 움직임이 먼저이고 기술보다 감정이 먼저인 춤. 훌라는 나와 자연을 연결시켜 주는 매개가 되었다.

훌라는 언제나 노래와 함께한다. 훌라의 심장이자 영혼이라 할 수 있는 멜레Mele는 하와이 전통 음악이다. 멜레에는 하와이 사람들의 삶과 태도 그리고 자연에 대한 사랑이 고스란히 담겨 있다. 바람이 불고 파도가 밀려오고, 꽃이 피고 별이 반짝이는 장면들이 선율이 되어 담긴 멜레는 훌라 댄서의 몸짓으로 완성된다. 사랑과 이별, 고요함과 환희가 담긴 멜레의 감정은 춤으로

번역된다. 예를 들어, 연인을 그리워하는 대목에서 손동작은 바람을 스치듯 천천히 흔들며, 발걸음은 밀려왔다가 물러가는 파도의 흐름을 따라 앞으로 나아가거나 뒤로 물러선다. 이별의 정서를 표현할 때는 어깨가 살짝 기울고 시선이 아래로 떨어져 마음속 눈물이 전해지는 듯하다. 반대로 사랑의 환희를 담을 때는 두 팔을 활짝 펼쳐 달빛을 끌어안듯 흔들며 얼굴에는 밝은 미소가 번진다. 하늘에 감사의 마음을 올릴 때는 두 손을 모아 위로 들어 올린 뒤 가슴으로 천천히 내리며 감사의 인사를 몸짓으로 전한다. 노래를 마음으로 듣고 그 감정을 몸으로 전달하는 춤인 훌라에 빠질 수 없는 존재가 바로 멜레다.

어느 봄날, 벚꽃이 막 피기 시작한 벚나무 아래에서 야외 수업을 연 적이 있다. '벚꽃 엔딩'이라는 노래에 맞춰 천천히 스텝을 밟고 손을 흔들자, 나뭇가지의 흔들림과 살랑대는 바람이 우리 춤 속에 자연스럽게 스며들었다. 마치 자연이 함께 춤을 추는 듯했다. 그날 나는 훌라가 실내에서 배우는 기술만으로는 채워지지 않는 춤임을 느꼈다. 바람과 나무, 햇살과 함께 호흡할 때 비로소 온전히 생명을 얻는 춤이었다.

한 번은 회원들과 함께 진하 해변으로 춤을 추러 간 적이 있었다. 함께 떠난 진하 해변의 부드러운 모래 위에서 멜레 펄리쉘 Pearly shells 에 맞춰 춤을 출 때, 손끝에서 바다가 일렁이고 몸 전체로 파도가 출렁이는 듯한 감동이 밀려왔다. 파도 소리와 노래가 한 몸이 되어 내 귀에 울려왔다. 맨발로 모래를 딛자 발끝에 스며드는 바닷물이 그대로 리듬이 되었고, 파도는 내 발목을 감싸며 박자를 맞추어 주었다. 그 순간 나는 춤을 추는 것이 아니라 바다와 대화를 나누고 있었다. 숨결 하나, 동작 하나가 바다와 이어져 온몸이 물결처럼 출렁이고 눈앞의 수평선은 내 가슴 속으로 들어와 자리 잡았다.

아름다운 바다 풍경 때문만은 아니었다. 발끝에 닿는 모래의 감촉, 귀에 들리는 파도 소리, 피부에 스치는 바람… 이 모든 자연의 감각이 훌라의 리듬과 하나가 되어 있었기 때문이었다. 그날 이후 회원들은 나에게 이렇게 말했다. "훌라는 외워서 추는 춤이 아니라 자연과 함께 감정을 나누는 이야기 같아요"

훌라는 자연과 함께한다. 바람의 소리와 움직임, 태양 빛의 향기와 따스함을 몸짓으로 표현하는 춤이다. 실내에서도 훌라의 아름다움은 충분히 느낄 수 있다. 그러나 자연 속에서 춤을 출 때 훌라는 단순한 동작을 넘어선다. 자연의 호흡 속에서 몸은 말을 잃고 자연과 교감하는 대화가 된다. 그때 훌라의 진짜 힘이 깨어난다. 그 중심에는 언제나 멜레가 있다. 멜레를 따라 자연과 하나 되는 순간 마음속 깊은 감정이 깨어나고, 그 감각이 몸짓을 통해 밖으로 흘러나온다. 훌라는 그렇게 노래와 자연 그리고 나 자신을 이어주는 다리가 된다. 춤을 출 때마다 나는 내 몸이 자연을 더 가까이에서 느끼고 있다는 것을 실감한다. 일상 속에서 마주치는 작은 바람. 빛 물결 하나까지도 내 안의 감정과 이어져 있음을 깨닫는다. 그것이 훌라를 통해 내가 만난 진짜 자연이었고 동시에 진짜 나였다.

마히나, 내 안의 달빛이 된 이름

　　나의 하와이안 네임은 마히나Mahina 다. 처음 이 이름을 정했을 때는 단순히 하와이 풍경이 떠오르는 부드러운 느낌이 좋았다. 소리도 곱고 춤과도 잘 어울릴 것 같았다. 하지만 시간이 흐를수록 이 이름은 그냥 애칭이 아니라 내 삶의 방향이자 닮고 싶은 태도를 담은 말이 되었다. 마히나는 하와이어로 달을 뜻한다. 달은 매일 조금씩 모양을 바꾸며 밤하늘에 떠오른다. 처음엔 작고 희미한 초승달이지만, 자신만의 속도로 빛을 채워 마침내 둥근 보름달이 된다. 나는 특히 이 성질에 마음을 빼앗겼다. 조급해하지 않고 누군가에게 보여주기 위해 서두르지 않으며 묵묵히 자신만의 리듬을 따르는 달의 존재. 그것이 내가 닮고 싶은 삶의 방식이었다. 그래서 마히나는 더 이상 이름만이 아니다. 내 안의 빛이자 누군가에게 전하고 싶은 따스한 에너지의 상징이 되었다.

달빛은 찬란하지 않다. 하지만 그 은은한 빛은 고요한 밤을 조용히 위로한다. 훌라를 출 때 나는 자주 그런 달빛을 떠올린다. 격하지도 요란하지도 않은 훌라의 움직임 속에는 감정을 손끝으로 건네는 힘이 숨어 있다. 나 역시 훌라를 추며 달처럼 서서히 은은한 빛을 머금어 왔다. 그리고 그 빛이 누군가의 마음에 닿는 순간 나는 비로소 마히나로 살아가고 있음을 느낀다.

마히나라는 이름을 처음 진지하게 마음에 품은 것은 훌라 자격증반 동료들과의 모임에서였다. 공연을 마친 뒤 앞으로도 함께 배우고 연습하자는 뜻에서 작은 스터디 그룹을 만들었고, 자연스럽게 각자 하와이 이름을 정하자는 이야기가 나왔다. 여러 이름이 오갔지만 나는 망설임 없이 달을 떠올렸다. 눈부시진 않지만 어둠을 조용히 밝혀주는 존재. 그것이 내가 되고 싶은 사람이었기 때문이다. 사람들 앞에 나서기보다 곁을 지키며 마음을 다독여주는 사람 서두르지 않고 차분히 자신의 빛을 지켜내는 사람 그렇게 다짐하며 마히나는 내 이름이 되었다.

이 이름의 의미를 깊게 체감한 순간은 수원시 평생학습관에서 시니어 훌라 수업을 시작했을 때였다. 첫 수업이 막 시작되고 10분쯤 지났을까? 문이 조심스럽게 열리고 모녀 사이인 듯한 중년의 여성과 연세 지긋한 여성분이 함께 들어왔다. 집에만 계시는 어머니를 모시고 딸이 같이 방문한 것이다. 딸의 말에 따르면 어머니는 오랜 병치레로 외출을 꺼리고 사람들과 어울리는 것도 불안해하신다고 했다. 단단히 굳은 표정으로 교실을 둘러 보던 그녀는 아무 말 없이 조용히 의자에 앉아 수업을 지켜보기만 했다. 가만히 앉아 있는 그녀에게 다가가 "괜찮으시면 함께 해

보실래요?”하고 말을 건넸지만 그녀는 천천히 고개를 저었다.

하지만 스트레칭 음악이 흐르자 그녀의 어깨가 아주 살짝 움직이는 것이 보였다. 이어서 그녀의 손과 발도 조심스럽게 반응하기 시작했다. 그 변화는 작고 느렸지만, 나에게는 분명한 감동이었다. 그리고 마침내 그녀는 아무 말 없이 자리에서 일어나 내 손짓을 따라 하기 시작했다. 그 순간을 나는 지금도 잊지 못한다. 그녀의 움직임은 마치 새싹이 돋아나는 듯 작고 부드러웠다. 미세한 동작이었지만, 그 안엔 마음이 움직이기 시작한 징후가 담겨 있었다. 웃음을 지으며 몸을 움직이는 그녀를 보는 순간 ‘마음이 열리고 있구나. 몸을 움직이며 다시 세상과 이어지고 있구나’하는 생각이 들었다. 그제야 안심이 되었다. 수업이 끝난 후 그녀는 나에게 다가와 환하게 웃으며 인사를 건넸다.

그날 이후 그녀는 딸 없이도 혼자 수업에 오고는 했다. 문을 열고 들어오며 환히 인사하는 모습은 처음 문턱을 조심스럽게 넘던 표정과는 전혀 다른 사람이었다. 이제 그녀는 나에게 훌라 시간이 기다려진다고 말한다. 그녀에게 일어난 변화는 단순히 할 줄 아는 훌라 동작이 늘어났기 때문은 아니다. 훌라를 통해 삶의 리듬이 바뀌었기 때문이다. 그때 나는 다시 확신했다. 내가 훌라를 가르치는 이유는 기술을 전하기 위해서가 아니라는 것을 말이다. 내가 하는 일은 누군가의 삶에 다시 빛이 스며들도록 돕는 일이다. 닫혀 있던 몸이 훌라의 움직임을 통해 다시 깨어나고, 그 움직임이 마음을 열어 삶의 중요한 문턱을 넘게 하는 일. 나는 그 여정에서 그들의 곁을 지키는 존재이고 싶다.

나는 마히나다. 이 이름은 내 안의 철학이자, 춤을 통해 감정을 나누고 마음을 밝혀주는 존재이며 내가 살아가고 싶은 삶의 방식이다. 사람들의 몸이 조금씩 열릴 때 그 안에서 마음이 녹는 소리를 듣는다. 그 순간 훌라는 나에게 가장 아름다운 춤이 된다. 달이 매일 같은 자리에 있어도 모양이 다르듯 나도 그렇다. 같은 스텝을 가르쳐도 만나는 사람들, 흘러나오는 음악 그리고 그날의 내 감정에 따라 매번 다른 춤이 된다. 그래서 훌라는 늘 새롭고 나는 그 속에서 매일 다시 태어난다. 조금 더 성장하고 따뜻한 빛을 머금은 채로 말이다. 그리고 내가 추는 손짓 하나, 내가 짓는 미소 하나가 누군가의 어둠을 살며시 밝혀주기를 바란다. 오늘도 나는 마히나답게 춤을 춘다.

훌라 댄서의 하와이 이름 10선
하와이 이름 뜻과 무대에서의 느낌

마히나 Mahina • 달, 달빛
달빛처럼 부드럽고 은은하게 무대를 비추는 이름

카이 Kai • 바다
끝없는 바다처럼 자유롭고 시원한 춤결

레일라니 Leilani • 하늘의 꽃
고귀하고 우아한 아름다움을 상징

모아나 Moana • 넓은 바다
따뜻하게 관객을 감싸는 포용력 있는 무대

아넬라 Anela • 천사
미소와 사랑을 전하는 천사 같은 춤

멜레 Mele • 노래
노래와 춤이 하나 되어 흐르는 순간

호쿨라니 Hokulani • 하늘의 별
밤하늘의 별처럼 반짝이는 존재감

라니카이 Lanikai • 하늘빛 바다
평온하고 맑은 춤을 상징

말루히아 Maluhia • 평화
마음을 따뜻하게 감싸주는 평화로운 기운

호오마나 Ho'omana • 영적 힘을 주다
춤과 음악으로 강인한 에너지를 전하는 이름

벨리에서 훌라로 달라진 춤의 결

어느 날 TV에서 우연히 벨리댄서의 공연을 보았다. 반짝이는 스팽클 장식의 의상을 입은 그녀는 음악과 하나 되어 골반과 가슴, 손가락 마디까지 정교하게 움직였다. 그 춤은 단순히 잘 춘다는 말로는 담아낼 수 없었다. 강렬한 에너지와 자신감이 살아 숨 쉬고 있었기 때문이다. 당당한 표정, 힘 있는 손짓, 자유롭게 흐르는 몸짓을 보며 내 안에 잠들어 있던 감각이 깨어나는 전율을 느꼈다. 그 장면은 내게 조용히 질문을 던졌다.
'나도 저렇게 나를 표현할 수 있을까?'

그날 이후 나는 벨리를 배우기 시작했다. 벨리댄스는 내 몸속에 숨어 있던 감각들을 깨워가는 과정이었다. 첫 수업에서 내 몸은 서툴렀지만 거울 속의 나는 오랜만에 웃고 있었다. 어깨를 펴고 허리를 돌리는 신나는 동작 속에서 자신감을 얻었고 살아 있는 존재라는 사실을 새삼 느꼈다. 시간이 흐르며 벨리는 내 삶의 활력소가 되었고 자기표현의 언어가 되었다. 사람들 앞에서 공연을 하고 동아리를 만들어 함께 연습하며 나는 점점 춤추는 사람으로 성장해 갔다.

그렇게 벨리에 흠뻑 빠져있던 중 우연히 훌라를 만났다. 파우 스커트에 반해 어느새 전문가 과정을 밟아가고 있었다. 그런데 이상했다. 벨리와는 전혀 다른 감각이 몸 안에서 피어났다. 강렬한 벨리와 달리 손끝의 움직임은 조용히 말을 걸 듯 조심스러웠고 몸이 자연스럽게 흐르듯 이어지며 마치 누군가의 이야기를 대신 전하고 있는 듯한 기분을 주었다. 춤의 결이 바뀌는 순간이 조용히 다가오고 있었다.

벨리와 훌라 둘 중 어느 것 하나도 포기하고 싶지 않았던 나는 할 수만 있다면 두 춤을 함께하고 싶었다. 벨리의 강렬함과 훌라의 부드러움을 접목해 나만의 독창적인 춤을 만들고 싶었다. 그리고 2021년에 나는 벨리와 훌라를 결합한 퓨전 훌라 작품으로 경연대회 무대에 올랐다. 직접 만든 의상, 팀원들과의 호흡, 무대 위의 열정. 모든 것이 완벽하다고 생각했다. 그러나 다른 팀의 순수 훌라를 본 순간 내 마음은 흔들렸다. 빨간 울리울리 Uli'uli를 손에 든 댄서들의 움직임은 조용하면서도 깊은 감정을 전하고 있었다. 절제된 손짓과 흐르는 리듬, 상징과 정서가 담긴 동작들을 보며 깨달았다. 훌라는 그냥 예쁜 춤이 아니라 이야기와 정체성 그리고 철학이 깃든 깊은 예술이었다. 그제야 알았다. 벨리와 훌라는 움직임만이 다른 춤이 아니었다. 몸을 쓰는 방식과 감정을 전하는 결이 완전히 달랐다. 그 후 나는 퓨전 시도를 멈추고 온전히 훌라에 집중하기로 마음 먹었다.

벨리는 신체의 개별 움직임이 강조된다. 골반, 복부, 가슴, 어깨를 독립적으로 분리해 리드미컬하고 화려하게 감정을 분출한다. 마치 몸을 조각내듯 정밀하게 컨트롤하며 관객에게 시각적인 즐거움과 에너지를 전하는 퍼포먼스 성격이 강하다. '나'라는 존재의 개성과 에너지를 외부로 드러내는 춤, 그것이 벨리다. 반면 훌라는 몸 전체가 하나의 흐름으로 연결된다. 손과 팔, 눈빛, 가슴의 방향, 발의 스텝까지 유기적으로 이어지며 움직인다. 손짓 하나하나에 이야기가 담겨 있고, 동작은 '보여주기'보다는 '전달하기' 위해 존재한다. 훌라는 자연과 조상, 공동체에 대한 기억을 말없이 몸으로 전달하는 춤이다.

스텝에서도 차이가 뚜렷하다. 벨리는 발이 리듬을 따라 움직이며 상체와 골반의 세밀한 움직임을 돋보이게 한다. 반면 훌라는 체중 이동이 흐름의 중심이 된다. 발에서 시작된 리듬이 온몸으로 퍼지며 땅의 에너지를 받는 듯 균형과 연결감을 만든다. 의상 또한 각 춤의 철학을 반영한다. 벨리는 몸의 곡선을 강조하는 브라 탑과 힙스카프Hip Scarf, 화려한 장신구로 개성과 관능을 드러낸다. 반면 훌라는 꽃과 자연 소재로 만든 파우, 레이Lei, 꽃핀 등으로 자연과 조화를 이루는 존재로서의 몸을 표현한다. 벨리는 세상 앞에 자신을 드러내고 훌라는 세상을 품는다.

음악의 결도 다르다. 벨리는 중동 타악기의 빠른 리듬 위에 격

정적인 감정을 얹는다. 반면 훌라는 이푸헤케Ipu Heke, 우쿨렐레 Ukulele 등 자연과 어우러진 악기 소리에 감정을 실어 천천히 전달한다. 무엇보다 가장 큰 차이는 춤의 목적이다. 벨리는 내면의 감정과 에너지를 해방시키는 데 중심을 둔다. 여성의 신체와 감정을 긍정하며 자신을 드러내는 자율의 예술이다. 반면 훌라는 기억과 전승의 춤이다. 공동체의 이야기와 자연, 신성한 존재와의 교감을 담아내며 나를 넘어 '우리'를 품는다.

벨리를 추던 몸이 훌라를 받아들이기 위해선 많은 것을 내려놓아야 했다. 강한 표현을 줄이고 흐름에 몸을 맡기며 눈빛마저 조용히 이야기하게 되었다. 움직임의 결이 달라지고 감정의 전달 방식이 바뀌면서 나의 춤은 점점 다른 얼굴을 띠게 되었다. 훌라를 온전히 받아들이기로 결심한 날 나는 옷장을 열었다. 13년의 열정이 담긴 벨리댄스 의상과 소품들이 나를 맞이했다. 공연복, 쉬폰 스커트, 반짝이는 장신구들. 그 안엔 수많은 기억과 땀이 배어 있었다. 추억을 떠올리며 딱 한 벌만 남겨두고 나머지는 지인들에게 모두 나눠주었다. 아쉬움은 있었지만 비워야 채울 수 있다는 것을 알았기 때문이다.

그 빈자리는 곧 훌라의 의상과 소품으로 채워졌다. 내 몸과 마음 역시 서서히 훌라의 결에 맞춰 변해갔다. 벨리를 떠나는 일은 결코 쉬운 결정이 아니었지만 그 선택은 진짜 몸쓰기의 시작이 되었다. 몸이 느끼는 감각이 달라지고 감정을 담는 방식이 달라지면서 마침내 내가 표현하는 삶의 방식도 달라졌다. 나는 이제 내 몸으로 훌라를 이야기한다. 보여주는 춤이 아닌 전하는 춤을 춘다. 관객의 환호보다 함께하는 이들과 나누는 에너지가 더 소중하다는 걸 알리며 훌라의 이야기를 전한다. 벨리에서 훌라로 춤의 결이 달라졌고 나는 더 깊고 단단한 나로 성장하고 있다.

하와이의 화해 의식, 호오포노포노

하와이에는 오래전부터 전해 내려오는 호오포노포노Ho'oponopono라는 특별한 화해 의식이 있다. 하와이 말에서 Ho'o는 '~하게 하다', Pono는 '바르다, 올바름, 조화'를 뜻한다. 말 그대로 '바르게 하다', '조화를 회복하다'라는 의미다.

원래 호오포노포노는 가족이나 공동체 안에서 갈등이 생겼을 때, 모두가 한자리에 모여 잘못을 인정하고 용서하는 과정을 거치는 전통 의식이었다. 이때 집안의 어른이나 리더가 중재자가 되어 각자의 이야기를 차분히 듣고 상처와 오해를 풀어내며 관계를 회복했다.

현대에 와서는 하와이의 치료사 모르나 나라마쿠 시메오나Morrnah Nalamaku Simeona가 이를 개인이 혼자 실천할 수 있는 방법으로 체계화했다. 방법은 간단하다. 조용한 곳에서 마음을 가라앉히고 다음 네 마디를 차례로 반복하는 것이다.
"미안해요. 용서해 주세요. 감사합니다. 사랑해요."

이 네 문장은 자기 마음을 정화하고 부정적인 감정을 완화하며, 관계 속 얽힌 심리적 매듭을 풀어내는 데 도움을 준다. 호오포노포노는 짧고 간단하지만 꾸준히 실천할수록 효과를 느낄 수 있어 하와이뿐 아니라 세계 각지에서 심리·정신 건강 분야의 자기 치유 기법으로 널리 활용되고 있다.

치유의 춤, 자연을 따라 전하는 마음

훌라는 몸과 마음을 하나로 묶어 주었다. 팔의 선을 따라 부드럽게 움직이고 발의 리듬에 맞춰 천천히 발걸음을 옮기다 보면 내 안의 불안과 긴장이 조용히 풀어졌다. 춤을 추는 동안 아픈 마음의 상처가 조금씩 녹아내리는 듯했고, 감정의 흐름을 따라 손짓과 발걸음이 물결처럼 이어지면 마음속에 잔잔한 평화가 찾아왔다. 나는 훌라를 통해 몸의 자유와 내면의 치유를 동시에 경험했다. 그러나 그 아름다운 흐름이 정점에 이르렀다고 느낀 순간 뜻밖의 시련이 찾아왔다. 무대를 준비하던 중 오른쪽 발목에 이상 증상이 나타난 것이다. 발목이 아파 발가락 조차 들 수 없었다. 발목은 내 의지와 상관없이 점점 무거워져 갔다. 단순한 신경통이겠거니 하고 가벼운 마음으로 찾은 병원에서는 '희귀 자가면역 질환'이라는 진단을 내렸다. 말초신경에 염증이 생겨 마비가 오는 병이었다. 그날 나는 하얀 병원 벽 앞에서 멍하니 진단서만 바라봤다.

"다시 춤출 수 있을까?" 이 질문이 머릿속을 떠나지 않았다. 몸의 자유를 잃는다는 건 춤추는 사람에게 삶의 중심을 잃는 것과 같았다. 병상에 누워 있는 동안 나는 커다란 외로움과 싸워야 했다. 코로나 시기라 보호자도 없이 혼자 입원했기에 외로움까지 더해진 고통은 더욱 깊었다. 하지만 그 어둠 속에서 나를 붙잡아준 것도 다시 살아갈 희망을 준 것도 훌라였다. 나는 병원 침대에 누워 훌라 영상을 틀어놓고 눈으로 동작을 익혔다. 음악을 들으며 마음을 다잡았고 다시 훌라를 출 수 있을 거라는 희망 하나로 스스로를 일으켰다. 누워 있는 동안에도 훌라 수업 자료를 만들고 공연 아이디어를 떠올리며 메모했다.

그 덕분에 병원 치료를 받는 동안의 훌라는 나의 마음을 이전보다 훨씬 더 단단히 묶어 주었다. 이제 훌라는 내 삶에 없어서는 안 될 살아가야 할 이유이자 나를 지탱하는 힘이 되었다. 병원 침대에서 품었던 '다시 훌라를 추고 싶다'는 간절한 바람은 치료 과정에서도 큰 원동력이 되어 그 마음을 붙잡고 회복에 임했고, 결국 무대에 다시 설 수 있었다. 병상에서 되뇌었던 그 다짐이 지금 내 춤 속에 살아있다. 그래서 내가 추는 훌라는 예전보다 훨씬 더 깊고 진실한 이야기를 품게 되었다.

퇴원 후 다시 수업에 섰을 때 나는 완전히 달라진 사람이 되어 있었다. 몸은 여전히 회복 중이었지만 훌라에 대한 내 마음은 오히려 단단해져 있었다. 그런데 문득 훌라에 어떤 힘이 있길래 내 마음을 단단하게 하고 몸을 치료할 수 있었을까 하는 생각이 들었다. 병상에 누워 있으면서도 다시 훌라를 추고 싶다는 바람으로 하루하루를 견딜 수 있었던 까닭은 무엇이었을까. 단순히 춤을 향한 욕심만으로는 설명되지 않았다. 그 안에는 더 깊은 무언가가 있었다.

나는 그것이 훌라가 자연의 춤이기 때문이라고 믿는다. 훌라는 억지로 힘을 주어 움직이는 춤이 아니다. 바람처럼 부드럽고 파도처럼 이어지며 발끝에는 땅의 기운이 스민다. 손짓에는 감정이, 시선에는 이야기가 담긴다. 그래서 몸과 마음은 거부하지 않고 오히려 자연스레 받아들였다. 그 흐름 속에서 무거웠던 몸도, 굳어 있던 마음도 조금씩 풀려 나갔다. 애써 힘줄 필요가 없었다. 그저 흘러가는 대로 몸을 맡기면 되었다. 그렇게 훌라는 나를 다시 일으켜 세웠고, 춤추는 삶을 이끌었다. 춤이라는 행위보다 그 안에 깃든 리듬과 감정의 순환이 내게는 곧 치유였다.

억지로 애쓰지 않아도 된다. 바람이 불고 물결이 흐르듯 몸을 그 리듬에 맡기면 된다. 훌라는 그렇게 나를 다시 살아가게 했다. 춤 자체보다 그 안에 담긴 자연의 숨결과 감정의 순환이 나를 치유한 것이다. 그래서 나는 이제 훌라가 누군가의 삶에도 그와 같은 숨결이 되기를 바란다. 자연을 닮은 춤의 흐름 속에서 몸이 열리고 마음이 풀리며 삶이 다시 움직이기 시작하는 경험 말이다. 나를 구하고 다시 일으킨 훌라처럼 누군가의 삶에도 잔잔한 희망이 닿기를 바란다. 훌라에는 그런 힘이 있다.

닫힌 마음이 훌라를 통해 다시 열리고, 굳어 있던 몸이 부드럽게 움직이는 순간을 함께할 때마다, 나는 내가 이 길을 선택하길 참 잘했다는 생각이 든다. 춤만 추던 나는 이제 훌라 전도사가 되었다. 나를 일으킨 이 춤이 이제는 누군가의 삶에도 따뜻한 빛으로 다가가기를. 자연의 힘이 오늘도 누군가에게 닿기를 바란다. 그리고 나는 믿는다. 훌라가 내 삶을 바꿨듯, 이 춤은 언젠가 당신의 삶에도 새로운 시작과 기운이 되어줄 것이다.

어깨 통증이 사라졌어요

"요즘엔 어깨가 하나도 안 아파요." 훌라 수업을 시작한 뒤 회원들 사이에서 이런 말이 나오기 시작했다. 처음엔 그저 기분 탓이겠거니 생각했다. 그런데 수업이 거듭될수록 어깨 통증이 줄었다는 이야기가 계속 들려왔다. 수업에 참여하는 분들은 대부분 70대 이상이다. 오랜 세월 농사와 장사, 육아에 온몸을 써온 분들이라 어깨 통증은 이미 삶의 일부처럼 자리 잡고 있었다. 그런데 이들이 훌라를 시작한 뒤 몸이 달라졌다고 말한다.

훌라는 부드럽고 천천히 움직이는 춤이다. 손을 들어 바람을 그리듯 팔을 흔들고, 천천히 올렸다 내리는 동작을 반복한다. 무리 없이 지속적으로 팔과 어깨를 움직이다 보면, 굳어 있던 근육이 서서히 풀린다. 처음에는 팔을 들기도 힘들어하던 분들이 어느 날은 머리 위로 손을 올리고, 물 흐르듯 팔을 움직이며 자연스럽게 춤을 춘다. 통증이 사라지니 춤이 즐겁고 즐거우니 다시 춤추게 된다.

나 역시 오랫동안 어깨 통증에 시달렸던 사람 중 한 명이다. 한때는 팔을 드는 것조차 고통스러웠고 찌릿한 통증 때문에 어깨를 움직이기가 두려울 때도 있었다. 팔을 내리고 가만히 있으면 조금 나아지는 듯했지만, 그러면 더 굳어질까 봐 늘 걱정스러웠다. 그런데 이상하게도 훌라를 추는 동안에는 아프지 않았다. 힘을 빼고 팔을 들어 부드럽게 움직이는 동작들이 오히려 어깨를 말랑말랑하게 풀어주는 듯했다. 그렇게 나도 모르게 통증이 줄어들었고 어느새 어깨는 한결 가벼워졌다.

훌라의 동작은 언제나 부드럽다. 억지로 힘을 주지 않아도 어깨는 저절로 풀리고 굳어 있던 근육이 조금씩 녹아내린다. 반복되는 움직임이 곧 스트레칭이 되어 혈액이 원활히 흐르고, 오래 머물던 통증도 서서히 사라진다. 그렇게 몸이 열리면 어깨 길이도 넓어진다. 팔을 드는 것조차 힘들어하던 사람이 훌라를 추며 손끝으로 태양을 그리고 바람을 그린다. 몇 달이 지나면 머리 위로 손을 흔들며 환하게 웃는 순간을 맞는다. 그 변화의 장면을 곁에서 바라볼 때마다 내 마음이 먼저 울컥해진다.

무엇보다 훌라는 음악에 맞춰 단순히 몸을 움직이는 춤이 아니다. 리듬 속에서 마음이 먼저 풀리고 그 마음에 이끌려 몸이 반응한다. 손짓과 발걸음이 이어지며 척추는 곧게 펴지고 어깨가 제자리를 찾는다. 굽었던 등이 서서히 일어나고 마음과 자세가 함께 단정해진다. 몸이 균형을 되찾게 되니 어쩌면 통증이 줄어드는 것은 덤일지 모른다.

훌라는 몸을 바르게 정렬하고 표현하는 언어이자 몸과 마음을 회복하는 리듬이다. 무엇보다도 좋은 점은 누구나 부담 없이 시작할 수 있다는 것이다. 훌라를 꾸준히 계속하다 보면 변화는 천천히 그러나 분명하게 찾아온다. 혹시 당신도 어깨 통증으로 일상이 불편하고, 의학적 치료의 한계가 느껴진다면 이제는 훌라를 춰보자. 음악에 맞춰 손을 흔들고 팔을 들어 올리는 동안 어깨는 조금씩 회복되고 마음까지 가벼워질 것이다.

손을 머리 위로 들어보는 것만으로도 충분하다. 그렇게 쌓이는 작은 움직임들이 언젠가 큰 변화를 만들어낸다. 훌라를 춘다는 것은 어깨를 위한 새로운 해답이자 마음을 함께 돌보는 가장 따뜻한 방법이 될 수 있다. 아프지 말고 즐겁게 천천히 훌라와 함께하는 시간 속에서 몸도 마음도 다시 웃게 되기를 바란다.

허리는 우아하게, 다리는 탄탄하게, 얼굴은 반짝이게

"허리는 우아하게, 다리는 탄탄하게, 얼굴은 반짝이게" 훌라댄스 수업을 처음 열며 내가 가장 먼저 떠올린 문장이었다. 하와이 전통춤이라는 낯설고 먼 이미지 대신 일상에서 느낄 수 있는 작고 확실한 변화를 전하고 싶었다. 실제로 이 문장을 수업 홍보 포스터에 붙였을 때 예상보다 많은 분들이 관심을 보였다. "저에게 꼭 필요한 3종 세트네요"라며 웃으며 찾아온 분도 있었고, 허리와 무릎 통증으로 운동을 망설이던 분들도 "웃을 수 있다면 해보고 싶다"며 조심스레 수업에 참여했다.

훌라를 시작하면 무엇보다 먼저 몸의 중심을 의식하게 된다. 손을 들고 천천히 움직이는 동작 하나에도 척추를 곧게 세우는 힘이 들어간다. 어깨를 내리고 손끝에 시선을 두면 자연스레 허리가 펴지고 긴장이 풀리면서 구부정했던 자세가 조금씩 바뀐다. 반복된 동작을 통해 몸이 바르게 선다는 감각을 느끼게 되는 것이다. 어떤 회원은 훌라를 시작한 후 "요즘엔 그냥 걸을 때도 자세가 달라졌대요"라며 흐뭇해했다. 일부러 신경 쓰지 않아도 춤 속에서 몸이 기억한 결과였다.

허리가 곧게 서면 몸 전체의 균형이 달라진다. 가장 먼저 반응하는 곳은 다리다. 훌라는 빠르게 뛰거나 강하게 움직이는 운동은 아니지만, 발목부터 허벅지, 엉덩이까지 하체를 고르게 자극한다. 특히 천천히 무게중심을 옮기는 동작은 다리 힘과 균형 감각을 길러준다. 덕분에 평소 자주 넘어지던 분이 "요즘은 계단 오르내리는 것도 수월해졌어요"라며 자랑하듯 말한 적도 있었다. 또 수업 내내 서 있는 것 조차 힘들어 하던 분이 어느 순간 당당히 일어서서 리듬에 몸을 맡기는 모습을 볼 때면 말하지 않아도 변화가 선명히 느껴진다.

몸이 안정되고 나면 그다음에는 표정에 변화가 찾아온다. 수업 중에 자주 "입꼬리를 올려 미소를 지어볼까요?"라고 말하곤 하는데 동작을 익히느라 굳어있는 표정을 풀기 위해서다. 눈앞에 피어나는 꽃잎을 어루만지듯 부드럽고 자연스럽게 춤을 추다 보면 어느새 입꼬리가 올라가있다. 웃는 얼굴은 몸의 긴장을 풀어주고 마음의 무게를 덜어주는 역할을 한다. 미소를 지으면 얼굴에 생기가 돌고 얼굴빛까지 반짝반짝 빛나기 시작한다. 거울 앞에 서서 스스로에게 미소를 지어보자. 그 순간 마음 깊은 곳에서 올라오는 기분 좋은 에너지가 당신을 감싸 줄 것이다.

배우자를 떠나보낸 뒤로 오랫동안 외출을 꺼리고 사람을 만나는 일조차 두려워했던 한 회원이 있었다. 친구의 권유로 훌라 수업에 조심스럽게 참여했을 때에도 그녀는 거의 한마디도 하지 않았고 눈도 잘 마주치지 않았다. 그런데 몇 주가 지나자 그녀는 수업 전 거울 앞에서 조용히 꽃핀을 꽂으며 수업을 기다리고 있었고 음악이 흐를 때 마다 자연스러운 미소를 띠기 시작했다. 그리고 마침내 미소를 되찾은 그녀가 건넨 이 한마디에는 모든 변화가 담겨 있었다. "춤을 출 때는 이유 없이 웃게 돼요. 그게 좋아요"

웃음은 억지로 만들어지는 게 아니다. 몸이 편안해지고 마음이 열릴 때 비로소 피어나는 선물이다. 훌라는 그 문을 여는 열쇠다. 음악과 리듬 그리고 움직임이 어우러진 시간 속에서 사람들은 오랜 긴장과 불안을 덜어내고, 마음 깊은 곳에서 다시 따뜻한 빛을 느끼기 시작한다. 조심스럽게 혼자 미소 짓던 사람들이 서로를 바라보며 웃고, 함께 리듬에 몸을 맡기며 진심으로 웃게 된다. 그 웃음은 보기 좋은 표정이기도 하지만 삶을 살아가는 힘이 되고 오늘을 견디게 해주는 온기가 된다. 당신의 몸을 단 한 곡의 음악에 실어 미소를 지으며, 그 리듬을 따라 흘러가보자. 그 작은 움직임이 삶의 흐름까지 바꿔줄지도 모른다.

거울 속 훨씬 밝아진 얼굴

"기분이 좋아서 웃는 걸까, 웃어서 기분이 좋아지는 걸까?" 한 번쯤 들어봤을 이 질문은 오래전부터 사람들의 관심을 끌어온 주제다. 기분이 좋아서 웃는 건 자연스러운 일이다. 그런데 반대로 웃는 행위가 기분을 끌어올린다는 사실도 심리학적으로도 입증되어 있다. 웃음은 스트레스 호르몬을 줄이고 행복 호르몬인 엔도르핀의 분비를 늘려 전체적인 감정 상태를 긍정적으로 만든다. 그렇다면 우리는 어떻게 하루를 웃으며 시작할 수 있을까? 내가 선택한 방법은 '거울 속 나와 웃으며 인사하기'였다.

나의 훌라 방에는 내 키보다 큰 거울이 놓여 있다. 처음엔 오직 훌라 연습을 위해 만든 공간이었지만, 지금은 그 이상의 의미를 갖는다. 거울 앞에 서서 훌라 의상을 입고 환하게 웃어보면 나 자신이 조금 더 멋져 보이고 기분도 자연스럽게 좋아진다. 나는 거울을 바라보며 종종 이렇게 말한다. "마히나, 너 정말 멋져!" 이 짧은 한마디가 나를 웃게 만들고 그 미소는 하루를 밝히는 긍정의 씨앗이 된다.

훌라를 출 때도 마찬가지다. 동작 하나하나가 음악을 따라 흐를 때 몸의 움직임은 얼굴 표정으로 이어진다. 춤의 리듬이 주는 기쁨이 표정에 고스란히 묻어나고 그렇게 지은 미소는 다시 나의 기분을 더 좋게 만든다. 이 순환은 마치 춤처럼 자연스럽고 따뜻하다. 일본 훌라 선생님과 함께한 워크숍에서도 비슷한 경험이 있었다. 수업 도중 내 미소가 예쁘다고 칭찬해 주셨는데 그 말이 유난히 깊이 남았다. 내 미소가 억지로 만든 표정이 아니라 진심에서 우러난 미소였기 때문이다.

수업에 함께한 한 회원은 내게 이런 말을 남겼다. "춤은 선생님처럼 잘 못 추겠지만, 선생님 미소는 꼭 배워가고 싶어요" 처음에는 그저 웃으며 넘겼지만, 곱씹을수록 그 말은 그냥 건넨 간단한 칭찬이 아니었다. 미소는 기술처럼 배우고 싶은 '에너지'였던 것이다. 춤을 처음 배우는 이들에게 거울 속 자신은 낯설게 느껴질 수 있다. 하지만 어색한 손짓보다 먼저 마주해야 하는 것은 바로 거울 속 나다. 나 역시 처음에는 춤을 잘 따라 하고 있는지 불안해서 거울 속의 내 모습이 예쁘게 느껴지지 않을 때가 많았다. 하지만 반복되는 연습 속에서 조금씩 그 낯선 존재와 친해졌다. 거울 앞에서의 시간은 동작을 익히는 훈련이 아니라 있는 그대로의 나를 인정하고 스스로를 사랑하는 연습이었다.

밝은 표정, 웃는 얼굴, 나를 긍정적으로 바라보는 태도는 훌라의 기본기만큼이나 중요하다. 기술보다 먼저 필요한 것은 나를 예쁘게 바라보는 마음이다. 그리고 그 시작은 아주 사소한 행동에서 비롯된다. 거울 앞에 서서 나에게 따뜻하게 웃어보는 것이다. 나는 훌라를 추기 시작하면서 표정이 달라졌다는 말을 자주 듣는다. 하지만 그 표정은 겉모습에만 머문 것이 아니라 나를 더 긍정적인 사람으로 바꾸었고, 그 기분 좋은 에너지는 수업에 함께한 이들에게도 전해졌다. 훌라가 전하는 행복이 내 표정에 스며들고, 그 미소가 다른 사람에게 전달되는 순간은 말로 다 표현할 수 없는 따뜻함으로 가득하다.

우리가 짓는 미소는 마음의 상태를 보여주는 창이자 타인과 이어지는 다리다. 내가 웃으면 거울 속의 나도 웃고 그 웃음은 다시 나를 더 환하게 비춘다. 훌라를 통해 나는 이 짧은 순간이 삶 전체를 긍정으로 이끄는 전환점이 될 수 있다는 것을 배웠다. 하루 중 한 번쯤은 거울 앞에 서서 환하게 웃어보자. 그리고 스스로에게 따뜻한 말을 건네고 훌라를 통해 나를 돌보는 시간을 가져보자. 이런 작은 습관들이 쌓이면 분명 거울 속 내 얼굴이 달라질 것이다. 어쩌면 나와 함께하는 사람들의 하루도 한결 밝아질 수도 있다. 그러니 오늘 거울 앞에서 한번 웃어보자.

Chapter 2

입고, 들고, 엮으며 춤추기

허리춤에 감긴 섬의 이야기

훌라 수업을 처음 시작하던 날이었다. 교실 한쪽에 곱게 걸린 파우Pa'u 스커트를 보는 순간 내 마음속에 작은 떨림이 일었다. 화사한 꽃무늬 가볍게 흩날리는 주름, 허리춤을 단단히 조여주는 끈을 바라보며 설레는 감정이 피어올랐다. 훌라를 추기 전 첫눈에 반했던 파우에 관한 기억이 떠올랐다. 파우를 입은 내 모습은 어색했지만 동시에 조금은 다른 사람이 된 듯한 기분도 들었다. 내 몸을 새삼스럽게 바라보게 되었고 몸을 대하는 태도마저 달라지는 낯선 감각이 찾아왔다. 그 기분은 지금도 파우를 입을 때마다 다시 떠오른다.

훌라 의상인 파우는 겉으로 보기엔 폭넓고 화려한 치마 같지만, 그 안에는 하와이 전통문화의 아름다움과 실용성이 고스란히 담겨 있다. 일반적으로 훌라 초급 수업이나 공연에서 입는 스커트는 천 네 마(한 마당 약 90센티미터)를 이어 만든다. 우리가 익히 떠올리는 파우의 주름은 허리에 고무줄을 끼워 만들 수 있다. 천의 맨 윗 부분을 30센티미터 접은 뒤 다시 위에서부터 2센티미터 간격으로 박음질해서 총 6~8줄의 가로선을 만든다. 그 후 박음질한 공간에 고무줄을 끼우면 자연스럽게 주름이 잡히게 된다. 허리끈으로 묶는 방식이 아닌 고무줄로 된 파우는 입고 벗기가 간편하고, 다양한 색상과 꽃무늬 프린트로 보는 이의 시선을 단번에 사로잡는다. 파우를 만드는 원단은 천연 염색이나 하와이안 패턴을 활용하기도 한다.

파우 한 벌이 가져다준 변화는 생각보다 크다. 우선 입는 순간 허리가 곧게 선다. 평소에는 무심히 앉고 걷던 자세가 파우를 걸치는 순간부터는 춤을 위한 태도로 바뀐다. 단단히 조여진 허리춤은 지금 내가 지금 훌라를 추고 있다는 사실을 끊임없이 일깨운다. 몸이 정돈되면 마음도 함께 고요해지고 흩어져 있던 생각은 중심으로 모인다. 균형을 맞추기 위해 스스로를 더 섬세하게 들여다보게 되는 것이다. 그것은 단순히 춤을 더 잘 추고 싶어서가 아니라 내 마음을 다잡고 몸가짐을 바르게 하고자 하는 마음에서 비롯된 변화였다.

파우가 주는 변화는 나만 느끼는 것이 아니었다. "파우를 입으면 왠지 허리를 구부릴 수가 없어서 저절로 허리를 펴게 돼요", "옷을 입고 준비하는 순간부터 기분이 달라져요"라고 말하는 회원들을 보면 파우가 단순히 예쁜 옷의 역할을 뛰어넘는다는 것을 알 수 있었다. 어떤 날은 기분이 우울해 수업이 부담스럽다던 회원이 파우를 입는 순간 웃음을 되찾은 적도 있다. 또한 파우를 입고 춤을 추면 함께 춤을 추는 사람이라는 소속감이 생긴다. 혼자가 아니라는 생각이 들며 형형색색의 파우가 교실 안에서 하늘하늘 펼쳐질 때 하나의 공동체 속에 있다는 안정감이 전해진다. 같은 옷을 입었다는 사실만으로도 말보다 먼저 눈빛이 오가며 호흡이 맞춰진다.

지금도 수업 전 파우를 입으며 허리선을 가지런히 정리할 때면 마음이 단단해진다. 어떤 고민이 있든 어떤 피로가 밀려오든 그 순간 만큼은 나 자신에게 집중할 수 있다. 몸을 바로 세우고 발을 디디며 선 자리를 느끼는 순간 오늘의 나와 다시 마주하게 된다. 자세를 가다듬고 천천히 손을 들어 올리면 그 손끝에서부터 감정이 피어난다. 기쁨이든 그리움이든 말로 다 표현할 수 없는 마음의 결이 손동작에 실리고 손동작은 이야기가 된다. 그리고 파우는 이야기가 시작되는 문이 되어 준다. 이렇게 파우를 통해 몸과 마음이 달라지는 경험을 하면서 나는 의상이 단지 겉모습을 꾸미는 것이 아니라 춤의 감정과 분위기까지 바꿔준다는 사실을 점점 더 깊이 느끼게 되었다.

파우 입는 법과 손질 방법

파우는 훌라를 출 때 입는 신성한 옷이다. 그래서 존경하는 마음을 담아 소중히 다뤄야 한다. 파우를 입을 때는 반드시 머리 쪽에서부터 아래로 입는다 만약 발부터 입으면 치마 끝이 지면에 닿아 더러워 질 수 있기 때문이다.

현재는 연습실처럼 훌라를 출 수 있는 좋은 환경이 마련되어 있지만, 옛날 하와이에서는 집 앞 정원이나 주차장, 공원 등 장소에 크게 구애받지 않고 훌라를 추곤 했다. 그렇기 때문에 파우가 지면에 닿아 더러워지는 것을 막기 위해 머리 쪽에서부터 입는 전통이 생겼다고 한다.

착용할 때는 치마 아랫단을 양손으로 잡아 머리 위로 올린 뒤, 목과 어깨를 조심스럽게 통과시켜 허리까지 내린다. 이때 머리 장식이나 머리 모양이 흐트러지지 않도록 천천히 움직이고 필요하면 다른 사람의 도움을 받는 것도 좋다. 입은 후에는 치마를 살짝 돌려 주름이 고르게 퍼지도록 정리한다.

세탁은 세탁기를 이용할 수 있지만, 너무 잦은 세탁은 원단을 상하게 하고 파우 고유의 무늬도 흐리게 하므로 필요할 때만 세탁한다. 특히 공연용 파우는 세탁을 최소화하고 연습용과 구분해 사용하는 것이 좋다. 세탁 후에는 직사광선보다 그늘에서 자연 건조하는 것이 원단을 오래 보존하는 비결이다.

보관 시에는 옷걸이에 걸어두면 주름이 덜 구겨진다. 장기간 보관할 때는 먼지가 쌓이지 않도록 커버를 씌우는 것이 좋다. 무대에 오르기 전 파우를 가볍게 털어 주름을 살리면 조명 아래에서 움직임이 더 아름답게 빛난다.

입는 옷이 달라지면 춤도 달라진다

파우를 입고 훌라를 시작한 뒤 나는 그 치마 하나로 훌라 의상의 모든 것을 다 알게 되었다고 생각했다. 하늘하늘한 꽃무늬의 파우는 언제 봐도 마음을 설레게 했고 공연 때마다 색상과 프린트를 고르는 일도 큰 즐거움이었다. 그런데 훌라 수업이 깊어지고, 카히코전통 훌라와 아우아나현대 훌라를 구분해서 배우기 시작하면서 비로소 훌라 의상이 단지 보기 좋은 치마에 그치지 않는다는 걸 깨닫게 되었다. 춤의 기운과 흐름에 따라 옷의 분위기도 달라져야 했다. 어떤 옷은 감정을 더 섬세하게 드러내도록 도와주었고 어떤 옷은 마음가짐 자체를 새롭게 단정하게 만들어주었다.

가장 먼저 마주한 것은 카히코Kahiko 스타일의 의상이었다. 선생님께서 전통 훌라 수업이라며 준비해 오신 옷은 평소 입던 고무줄 파우와는 전혀 달랐다. 폭이 넓고 무늬 없는 천을 허리에 돌돌 감은 뒤 길게 늘어진 끈으로 허리를 단단히 묶는 방식이었다. 처음엔 '이렇게 간단한 걸 보니 연습복일까?' 했는데 몇 시간 뒤 선생님이 공연 무대에서 입고 나온 옷도 바로 그것이었다. 그 옷을 입고 북소리에 맞춰 천천히 걸어 나오자 절제된 의상이

절제된 카히코 훌라의 몸짓과 완벽하게 어우러졌다. 카히코 훌라는 음악없이 북소리와 함께 춤의 주제와 이야기를 전달하는 챈트가 핵심요소가 된다. 챈트 Chant 노래와 리듬에 맞춰 몸짓을 더해 이야기를 전하거나 제사를 지내는 의식에 맞춰 펼쳐지는 전통 훌라는 의상과 함께 오래도록 인상 깊게 남았다.

카히코 스타일의 의상은 전통이라는 이유만으로 특별한 것이 아니었다. 그 안에는 하와이 사람들의 삶과 자연을 대하는 태도가 고스란히 담겨 있었다. 천의 색은 나무껍질을 닮은 갈색이나 베이지 톤이 많았고, 허리에는 리필리피Lipilipi 잎을 두르고, 목에는 쿠쿠이Kukui 열매로 만든 레이를 두르기도 했다. 리필리피는 길고 유연한 잎으로, 춤의 흐름을 따라 부드럽게 흩날리는 전통 장식 식물이다. 쿠쿠이 열매는 반질반질한 검은색 씨앗으로, 하와이에서는 빛과 지혜를 상징하며 보호의 의미를 담아 장신구로 사용된다.

이처럼 자연에서 얻은 재료들은 춤의 의미를 더하고 무대 위에서 몸과 마음의 중심을 잡아주는 역할을 한다. 장신구 역시 인공적인 느낌보다는 자연 그대로의 재료를 사용한 것이 많았다. 그래서일까, 옷을 입는 순간 마음이 경건해졌다. 또 춤을 출 때 주로 취하는 낮은 자세 또한 땅과 가까워져 땅의 기운을 잘 느끼기 위해서라는 것을 이해하게 되었다.

반면 아우아나'Auana 스타일의 의상은 분위기가 사뭇 다르다. 부드럽게 흐르는 원단과 화사한 프린트, 밝은 색감은 시선을 단번에 사로잡는다. 수업 시간에는 주로 고무줄 파우와 간편한 상의를 입지만, 공연 무대에서는 다양한 형태의 파우스커트 또는 드레스 형태의 훌라 의상을 입는 경우도 많다. 오프숄더 원피스, 홀터넥 블라우스, 나팔 소매 탑 등 형태는 다양하지만, 모두 몸의 움직임을 자연스럽고 우아하게 드러낸다는 공통점이 있다.

흥미로운 건 입는 의상이 달라지면 마음가짐도 달라진다는 사실이다. 카히코 옷을 입으면 나도 모르게 숨을 고르게 되고 내면을 향한 집중이 더 깊어진다. 반대로 아우아나 드레스를 입으면 자연스레 어깨가 펴지고 표정도 환해진다. 마치 옷이 '지금 네가 출발할 감정의 방향은 이거야'라고 조용히 알려주는 것만 같다.

훌라 공연에서는 노래의 주제와 분위기에 따라 의상의 색상과 스타일이 달라진다. 사랑을 노래할 때는 붉은 계열, 바다를 노래할 때는 파란색, 숲과 대지를 이야기할 때는 초록색 처럼 자연을 상징하는 색이 중심이 된다. 꽃에 대한 노래에는 꽃무늬 옷을 입고, 하늘을 이야기하는 노래에는 연보라색이나 하늘색 옷을 입는 것처럼 춤의 내용을 미리 옷으로 표현하기도 한다.

또 하와이에서는 각 섬마다 상징하는 색이 정해져 있다. 카우아

이 섬은 자홍색, 오아후는 노란색, 마우이는 분홍색, 하와이 섬
은 빨간색, 라나이는 보라색, 몰로카이는 초록색, 니하우는 흰
색, 카호올라웨는 주황색을 상징한다. 전통 공연에서는 이 색들
을 활용해 노래의 배경이 되는 섬을 의상으로 표현하기도 한다.
의상은 치장이나 유니폼이 아니라 하와이 문화의 연장선이며
춤의 일부다. 훌라에서 옷은 그저 예쁘게 치장하기 위한 장식이
아니다. 춤과 감정을 담는 또 하나의 그릇이자, 몸을 통해 나를
표현하는 또 다른 언어다. 어떤 옷을 입느냐에 따라 그날의 감정
이 달라지고, 어떤 천이 몸을 감싸느냐에 따라 동작과 태도 또한
달라진다. 의상은 결국 훌라의 이야기를 완성하는 또 다른 언어
인 셈이다.

레이를 엮으며 내 마음도 엮었다

하와이에서 레이는 단순한 꽃목걸이가 아니다. 레이는 꽃이나 잎, 열매, 깃털 등을 실이나 줄로 엮어 만든 목걸이 형태의 장식물로 환영과 감사, 사랑과 추모의 마음을 담아 누군가에게 건네는 특별한 선물이다. 하와이 사람들에게 레이는 감정과 정성을 전하는 가장 따뜻한 방식이며 훌라에서는 춤의 주제와 감정을 시각적으로 드러내는 중요한 소품이기도 하다.

한번은 쿠무Kumu 훌라 지도자를 부르는 말의 훌라 워크숍 중 "레이는 꼭 하와이 꽃으로 만들어야 하나요?"라고 질문한 적이 있었다. 당시 나는 생화도 아니고 하와이 꽃도 아닌 조화로 레이를 만들어도 괜찮을지 고민하고 있었다. 돌아온 대답은 아주 명료했다. "여긴 하와이가 아니니까 그 나라에서 구할 수 있는 꽃과 재료로 만들면 되지요" 그 짧은 한마디에 마음이 환해졌다. 중요한 건 꽃의 종류가 아니라 그 꽃을 어떻게 바라보고 어떤 마음으로 엮어내느냐는 것이었다. 우리가 어디에 있든 자연과 연결되고자 하는 마음만 있다면 어떤 꽃이든 괜찮다. 그날 레이를 엮는 손끝에는 자연과 이어지는 마음 그리고 나를 돌아보는 시간이 함께 깃들어 있었다.

처음으로 생화로 레이 만들기 수업에 참여했을 때의 설렘은 지금도 선명하다. 화려한 꽃목걸이를 기대했던 나는 머리에 쓰는 화관 수업을 신청했고 파란 수국 두 송이를 들고 첫 생화 화관 만들기에 도전했다. 꽃잎을 자르고 라피아 끈에 하나하나 엮는 과정은 생각보다 훨씬 섬세했고 높은 집중력이 필요했다. 꽃잎이 자꾸 손에서 미끄러졌고 "이 정도는 쉽게 만들 수 있겠지"했던 자신감은 선생님이 "수영 모자처럼 만들지 마세요" 라고 농담하는 순간 금새 무너졌다. 그러나 서툰 솜씨로 천천히 정성을 다해 이어가다 보니 마침내 하나의 화관이 완성됐다. 삐뚤고 완벽하지 않았지만 그 자체로 내 손끝의 노력과 마음이 담긴 소중한 작품이었다. 완성된 화관을 머리에 쓰고 햇살 가득한 공원에서 훌라를 췄던 그날 나는 비로소 나만의 작은 하와이를 만났다. 꽃잎을 고르고, 바람을 느끼고 춤을 추던 그 순간은 지금도 내 마음속에 환하게 남아 있다.

하와이에는 레이를 만들 때 필요한 만큼만 자연에서 채집하고 사용 뒤에는 다시 자연으로 돌려보내는 전통이 있다. 훌라의 소품 하나에도 자연과의 교감, 순환, 존중이 깃들어 있는 것이다. 나 역시 그 정신을 기억하며 조화를 다룰 때도 꽃잎 하나하나를 더 정성스럽게 붙인다. 보기에 예쁜 것도 좋지만 작은것 하나도 소중하게 생각하는 마음이 훌라를 더 풍성하게 만든다는 걸 알기 때문이다.

그리고 그 작업을 누군가와 함께 나눌 때 훌라의 기쁨은 두 배가 된다. 함께 한 그 시간은 오래도록 기억 속에 남는다. 나에게는 이러한 순간들이 쌓여가는 공간이 있다. 바로 수업 장소이기도 한 마히나 훌라 하우스이다. 회원들은 서로를 오하나Ohana 가족을 뜻하는 하와이어라고 부르며 훌라 하우스에서 하와이 문화를 나눈다. 그 안에서는 소박하지만 반짝이는 작업들이 이어진다. 파우 스커트를 만들고 레이를 엮고, 헤어 핀을 만드는 동안 우리 손끝에서는 수많은 이야기가 피어난다. 내가 만든 소품이 누군가의 무대에서 빛나고, 그 빛이 다시 그 사람의 자신감으로 돌아오는 순간을 상상하면 가슴이 따뜻해진다.

훌라는 무대 위의 춤으로만 완성되지 않는다. 레이를 만들기 위해 꽃을 고르고, 실에 꿰고, 천을 자르고 다듬는 과정까지 모두 훌라의 일부다. 이렇게 정성껏 준비된 마음이 춤에 스며들고 그것이 관객에게 감동으로 전해진다. 마히나 훌라 하우스는 평범한 연습실이 아니다. 파우와 레이를 준비하는 정성스러운 과정이 춤과 노래와 어우러져 마음을 나누고, 새로운 꿈을 키워가는 공간이다. 그래서 우리는 이곳을 '드림하우스'라 부른다. 그 안에서 우리는 각자의 가능성을 발견하고 서로의 성장을 지켜본다. 나에게 훌라의 색은 바로 이 '엮임'에 있다. 자연, 사람, 나 자신을 이어주는 따뜻한 연결의 빛깔이다. 그리고 그 빛은 오늘도 누군가의 마음을 밝혀주는 노란빛으로 반짝이고 있다.

하와이의 향기로운 축제, 레이 데이

하와이에서 5월 1일은 레이 데이Lei Day라고 불린다. 이날이 되면 거리에 꽃 향기가 가득하고, 사람들은 서로에게 레이를 걸어주며 마음을 나눈다. 환영과 사랑, 우정과 감사가 담긴 '알로하'를 나누는 것이다. 꽃, 잎, 열매, 깃털까지 정성껏 엮어 만든 레이는 하와이 사람들에게 가장 따뜻한 인사이자 소중한 마음의 표현이다. 그래서 결혼식, 졸업식, 환영 행사 등 인생의 중요한 순간에는 언제나 레이가 함께한다.

레이 데이는 1928년, 시인이자 언론인이었던 도널드 벤슨 블랜딩Donald Benson Blanding의 제안에서 시작됐다. 그는 "5월 1일을 하와이의 꽃과 문화의 날로 기념하자"는 생각을 내놓았고, 그 아이디어는 곧 하와이 전역으로 퍼졌다. 그 이후로 매년 5월 1일이 되면 섬 전체가 꽃과 알로하의 기운으로 물든다.

이날의 중심 무대는 오아후섬 호놀룰루의 카피올라니 공원이다. 아침부터 늦은 오후까지 레이 만들기 경연대회, 훌라 공연, 하와이 전통 음악 연주가 이어진다. 레이 만들기 경연대회의 참가자들은 각 섬의 상징 꽃을 사용해 레이를 엮고, 심사위원들은 꽃의 신선도, 디자인, 엮는 기술, 향기까지 꼼꼼하게 평가한다.

하와이의 각 섬은 저마다 대표 꽃이 있다. 오아후섬은 노란빛의 일리마Ilima 마우이섬은 분홍빛의 로케라니Lokelani 카우아이섬은 향기로운 모키하나Mokihana 하와이섬은 붉은 레후아Lehua가 상징이다. 이렇게 섬의 개성과 자연을 담아 만든 레이는 그 자체로 하나의 작품이다. 레이 데이의 무대에서 훌라 댄서들은 꽃향기를 두른 채 손끝으로 이야기를 춤추고, 관객은 그 향기와 리듬 속에 빠져든다.

직접 만든 레이를 건네며 나누는 미소와 포옹 속에는 하와이의 알로하 정신이 살아있다. 알로하 정신이란 서로를 존중하고, 친절히 대하며, 함께 어울려 살아가려는 마음을 뜻한다. 알로하는 흔히 인사말로 쓰이지만, 하와이 사람들에게는 삶의 태도다. 춤을 출 때 옆사람과 호흡을 맞추고, 미소를 지으며 마음을 나누는 것, 바로 그 순간이 알로하 정신을 실천하는 순간이다. 그리고 그 따뜻한 마음은 레이의 향기처럼 오래도록 남는다.

우쿨렐레 소리에 반응하는 몸

훌라를 배우기 시작한 지 얼마 되지 않았을 때 나는 공연장에서 처음으로 라이브 우쿨렐레 연주를 들었다. 무대 위에서 흘러나온 맑고 통통 튀는 소리가 내 귀에 닿자마자 어깨가 들썩이고 발끝이 리듬을 탔다. 춤추는 댄서들의 몸짓도 충분히 아름다웠지만 그날 공연에서 내 마음을 사로잡은 것은 배경에서 흐르던 우쿨렐레 연주 소리였다. 햇살처럼 따뜻하고 바닷바람처럼 부드러운 그 소리는 공연장을 가득 채우며 내 마음속 깊이 스며 들었다. 나는 분명 관객이었지만 어느새 발을 구르고 손을 올리며 음악에 몸을 맡기고 있었다. 우쿨렐레의 소리는 작은 불씨처럼 내 마음에 남아 나를 두드렸다.

'나도 저 악기를 한 번 연주해보고 싶다.' 그 마음이 피어났을 때, 나는 이미 마음이 아니라 몸으로 먼저 준비하고 있었는지도 모른다. 처음 손에 쥔 우쿨렐레는 생각보다 작고 가벼웠다. 품에 쏙 들어오는 이 악기는 오래된 친구처럼 낯설지 않았다. 첫 줄을 튕기자 손끝에 전해지는 진동이 온몸을 타고 퍼지며 마음까지 흔들어 놓았다. 나는 그렇게 우쿨렐레에 매료되어 배우기 시작했고 1년 남짓 꾸준히 연습하며 기본 주법을 익혔다. 작은 손가락 움직임으로도 수많은 노래가 연주된다는 사실은 놀라웠고 연습할수록 그 매력은 더 깊어졌다.

결국 지도자 과정까지 이수했고 배움의 기쁨을 나누고 싶다는 마음이 커졌다. 지금도 우쿨렐레 수업을 할 때면 이렇게 말한다. "어렵게 생각하지 마세요. 그냥 몸과 마음이 먼저 반응하는 걸 믿어보세요" 회원들이 처음 우쿨렐레를 배울 때면, 어떤 회원은 작은 악기에서 울려 나오는 의외의 큰소리에 눈이 동그래지며 웃음을 터뜨리기도 하고, 어떤 이는 조심스럽게 줄을 튕기며 겁이 난다고 말한다. 그 모습은 늘 나를 초심으로 돌아가게 한다. 나 역시 처음 우쿨렐레를 잡았을 때의 두근거림과 설렘을 잊지 못하기 때문이다.

신기한 것은 몇 개의 코드만 익혀도 자연스럽게 리듬을 타며 몸을 움직인다는 것이다. 악보를 다 외우지 않아도 좋다. 긴장으로 손이 떨리거나 힘이 잔뜩 들어가도 괜찮다. 우쿨렐레 소리는 그런 불안마저도 포근하게 감싸준다. 나도 초반에는 실수를 많이 했다. C코드에서 손가락을 헛디디거나 스트로크 타이밍이 엇나가 전혀 다른 소리가 나곤 했다. 하지만 그럴 때마다 함께 하던 이들과 웃음이 터졌고, 웃음 속에서 우리는 서로를 응원하는 사이가 되었다. 그렇게 함께 소리를 내는 것만으로도 정서적 교감이 생겨났다.

이 연결은 국경을 넘어 이어지기도 했다. 드림하우스에서 우쿨렐레를 배우던 한 회원 중에 한국을 떠나 캐나다로 가게 된 분이 있었다. 그녀는 훌라를 계속해서 배우긴 어렵겠지만 우쿨렐레만큼은 캐나다에 가서도 계속 배우고 싶다고 했다. 인터넷 연결이 쉽지 않아 줌 수업은 어려웠지만, 우리는 영상통화와 녹화 영상을 통해 수업을 이어갔다. 내 핸드폰으로 전송되는 영상을 보여주고. 그녀는 핸드폰 화면을 보며 손을 움직였다. 정확한 음정보다 중요한 건 함께하고자 하는 마음과 몸의 기억이었다. 그녀가 보내준 연습 영상 속에는 늘 웃음이 가득했다. 혼자지만 외롭지 않게 화면 속에서도 함께 리듬을 타고 우쿨렐레 연주로 '알로하'를 전하고 있었다. 나 역시 그녀가 보낸 영상을 보며 다시 힘을 얻었다.

음악은 그렇게 멀리 있는 그녀와 나를 이어주는 다리이자, 따로 있어도 함께 연주할 수 있는 몸의 언어가 되어주었다. 우쿨렐레를 함께 연주 하는 회원들도 이런 경험을 통해 점점 더 깊은 관계로 나아갔다. 코드를 익히는 일에 스트레스 받지 않고, 각자의 리듬과 속도에 귀를 기울이고 조용히 기다려주는 마음이 커졌다. 누군가의 연주가 엇나가더라도 아무도 탓하지 않았다. 그저 "같이 다시 해볼까?" 하고 손짓을 주고받을 뿐이었다. 그 순간순간이 모여 우리 안의 신뢰와 응원이 자라났다.

음악은 그렇게 몸을 움직이고 마음을 이어주며, 사람을 연결한다. 우쿨렐레의 작고 따뜻한 힘은 생각보다 더 멀리, 더 깊이 스며들고 있었다. 가끔 생각한다. 우쿨렐레는 내가 선택한 악기였을까, 아니면 나를 먼저 부른 존재였을까. 처음 그 소리에 반응하던 내 어깨와 손은 이미 우쿨렐레와 만나게 될 운명이었음을 알고 있었는지도 모른다. 지금도 우쿨렐레 연주를 시작하면 가장 먼저 반응하는 건 내 몸이다. 손이 움직이고 소리가 퍼지면, 가슴이 따뜻해지고 웃음이 번진다. 그럴 때마다 나는 살아 있음을 느낀다. 우쿨렐레는 나를 움직이고 다른 이들과 연결한다. 아마 앞으로도 이 작은 악기의 떨림은 내 삶의 중심에서 계속 이야기를 써 내려갈 것이다. 그것은 음악이라기보다 몸이 먼저 기억한 나의 언어다.

우쿨렐레 소개

우쿨렐레는 뛰는 벼룩이라는 의미를 가지고 있는 악기이다. 기타보다 밝고 경쾌하며 하와이 악기로 4줄의 현을 가지고 있으며 바디 크기에 따라 네 가지로 나뉜다.

소프라노

가장 작은 크기의 전통 우쿨렐레로, 길이는 약 53cm이다. 맑고 경쾌한 소리가 특징이라 '하와이 감성'을 가장 잘 전한다. 손이 작은 분이나 처음 배우는 분에게 적합하다. 훌라 아우아나의 발랄한 리듬과 특히 잘 어울린다.

콘서트

약 58cm로 소프라노보다 조금 크다. 콘서트 우쿨렐레는 부드럽고 풍성한 울림이 매력이다. 손가락 간격이 넓어 연주가 편하고, 서정적인 멜로디를 담기 좋다. 마치 바닷가의 노을빛처럼 차분한 곡과 잘 맞다.

테너

길이가 약 66cm로, 소리가 깊고 울림이 커 공연용으로 자주 쓰인다. 기타와 비슷한 안정감을 주어, 멜로디와 반주를 함께 하기 좋다. 라이브 훌라 공연에서 노래와 춤을 함께할 때 든든한 친구가 된다.

바리톤

우쿨렐레 중 크기가 가장 크며 약 74cm정도이다. 음역이 낮고 차분하다. 기타의 하위 4현과 같은 조율을 사용해 깊은 울림을 낸다. 전통 훌라 카히코나 느린 발라드풍 훌라와 어울린다.

작은 몸에 담긴 네 가지 소리, 그리고 그 소리를 춤과 함께 나누는 순간은 그 어떤 악기보다도 따뜻하다. 어떤 우쿨렐레를 만나든, 우쿨렐레와 함께하는 그날의 훌라는 조금 더 특별해질 것이다.

훌라에 이렇게 다양한 악기가 있다고요?

처음으로 훌라를 출 때 사용하는 악기를 잡아봤을 때까지만 해도 나는 알지 못했다. 화려한 깃털이 달린 악기, 대나무 한 쌍, 단단한 박 하나가 이렇게까지 내 몸의 리듬을 바꿔 놓을 거라는 사실을 말이다. 손에 작은 악기 하나가 들리는 순간 춤은 달라지기 시작했다. 손끝에 감각이 조금 더 집중되고 팔의 움직임은 넓어졌으며 시선은 자연스럽게 확장 되었다. 마치 악기를 들고 있는 손에서부터 무언가 흘러나와 몸 전체를 이끌고 가는 느낌이었다.

훌라에서 사용하는 악기들은 다른 화려한 악기들과 비교하면 작고 단순해 보일 수 있다. 하지만 훌라 악기는 각기 다른 소리을 내며 다양한 동작을 이끌어낸다. 악기들이 훌라를 더 새롭고 풍성하게 만들기도 한다. 깃털이 달린 악기를 흔들면 손과 팔이 더 활짝 열리고 대나무 막대를 부딪히면 리듬이 선명해진다. 단단한 박을 두드리면 가슴속까지 진동이 퍼져 나가며 춤은 더욱 힘차게 흐른다. 춤의 모습을 바꾸는 것은 몸의 연습만이 아니라 손에 쥔 도구 하나일 수 있다.

울리울리 Uli'uli

울리울리는 훌라에서 가장 먼저 눈길을 끄는 악기 중 하나다. 멀리서 보면 꽃송이를 닮은 마라카스처럼 보이는데 노란 꽃 심지 같은 장식에 붉은 깃털이 풍성하게 달려 있다. 손에 쥐기만 해도 마음이 들뜨고 보는 이의 얼굴에도 절로 미소가 번진다. 흔히 볼 수 있는 색은 빨강이지만 노랑이나 초록. 파랑 등 다양한 색깔로도 만들어져 무대마다 다른 매력을 보여준다. 이 악기를 흔들면 손잡이 부분의 박에서 '좌르륵' 하고 맑은 소리가 울린다. 소리는 크지 않지만 경쾌하게 퍼져 나가며 춤의 리듬을 더욱 살아나게 한다. 춤추는 사람은 손목에 가볍게 힘을 실어 스냅을 주는데 그 순간 움직임은 한층 더 부드럽고 자연스럽게 이어진다. 작은 소리와 가벼운 흔들림이 몸 전체의 흐름을 바꾸는 것이다.

울리울리를 손에 들고 춤을 추면 손끝에 꽃이 피는 듯한 모습이라서 보는 이들에게 따뜻한 기운을 전해준다. 그래서 환영의 춤이나 기쁨과 축복을 전하는 장면에서 자주 사용된다. 깃털의 움직임과 작은 박 소리가 모여 춤을 더 환하게 빛나게 만드는 것. 그것이 울리울리의 매력이다.

푸일리 Pū'ili

푸일리는 대나무를 여러 갈래로 쪼개 만든 악기다. 겉모습은 단순한 대나무 막대처럼 보이지만 흔들거나 움직일 때마다 '탁탁

탁' 하고 맑고 청명한 마찰음을 낸다. 두 개의 푸일리를 양손에 쥐고 서로 부딪히면 짧고 경쾌한 소리가 공간을 가득 메우며 리듬을 선명하게 드러낸다.

처음 푸일리를 잡았을 때는 혹시 얼굴에 부딪히지 않을까 조심스러웠다. 하지만 점차 손에 익어가자 내 팔의 연장선처럼 느껴져 손과 팔의 움직임이 자연스럽게 커졌다. 푸일리를 들고 춤을 추면 상체의 긴장이 살아나고 몸통이 곧게 세우지는 듯한 힘이 생긴다. 몸 전체의 흐름을 단단하게 지탱해 주는 역할을 하는 것이다. 빠른 스텝이나 박자를 강조할 때 자주 사용되는 푸일리는 춤에 긴장감과 에너지를 불어넣는다.

특히 여러 명이 함께 푸일리를 소리내면 '탁탁'소리가 겹치며 마치 바람이 숲을 스치는 듯한 웅성거림을 만든다. 그 순간의 무대는 살아 움직이는 듯한 생동감으로 가득 찬다. 춤과 리듬을 하나로 엮어내는 고유의 울림, 그것이 바로 푸일리의 매력이다.

이푸와 이푸헤케 Ipu & Ipu heke

훌라에서 사용하는 전통 박 악기에는 크게 두 종류가 있다. 하나는 박 하나로 만든 이푸, 또 하나는 박 두 개를 위아래로 이어 붙인 이푸헤케다. 겉모습은 비슷해 보이지만 손에 쥐어보고 소리를 들어보면 확연히 다른 매력을 지니고 있다.

이푸는 단순하고 가볍다. 손에 쥐면 움켜쥘 수 있을 만한 크기이고, 연주 방법도 비교적 간단하다. 손바닥으로 옆면을 두드리거나 바닥에 살짝 내려치면 '퉁' 하고 경쾌한 소리가 난다. 마치 대지를 가볍게 딛는 발소리 같은 울림이다. 크기가 작아 춤추는 무용수가 직접 들고 연주하기에도 알맞다. 이푸 소리의 명확한 리듬은 몸의 흐름을 정돈하고 중심을 아래로 끌어내려, 춤을 차분하고 안정감 있게 만든다.

반면 이푸헤케는 묵직하고 장중하다. 두 개의 박을 이어 만든 이 악기는 크기가 커서 주로 바닥이나 무릎 위에 세워두고 양손으로 연주한다. 이푸헤케에서 나는 소리는 단순한 '둥'이 아니라 "두─웅" 하고 길게 이어지는 공명이다. 그 울림은 가슴속 깊이 스며들어 춤추는 이의 호흡을 고르게 하고, 동작 하나하나에 더 많은 정성을 담게 만든다. 반주를 넘어, 의식을 치르는 듯한 경건한 분위기를 만든다. 이푸헤케는 삶의 이야기를 들려주며 올바른 정신을 북돋아 주는 악기다. 훌라 지도자가 주로 연주하며 무용수는 그 소리에 맞춰 춤을 춘다. 이푸가 움직임을 이끈다면 이푸헤케는 무용수의 내면을 두드려 더욱 깊고 진한 춤을 가능하게 한다.

훌라에서 사용하는 악기들은 모두 몸에 리듬을 새기고 감정을 이끌어 낸다는 점은 같지만, 이끄는 방향은 저마다 다르다. 어떤 날은 푸일리의 가볍고 경쾌한 소리에 몸을 흔들고 싶고, 또 어떤 날은 이푸헤케의 깊고 울리는 박자에 나를 맡기고 싶어진다. 그 날의 마음과 몸 상태에 따라 손에 쥐는 악기가 달라지고, 그 악기가 이끄는 춤도 달라진다. 가볍게 흔들리는 날이 있고 깊이 가라앉는 날이 있다. 결국 시작은 언제나 나의 마음과 몸에서 비롯된다. 그 위에 작은 악기가 얹히고 악기는 다시 나의 춤을 이끌어낸다.

애니메이션 속 하와이

훌라 악기를 이야기하다 보면 떠오르는 캐릭터가 있다. 바로 애니메이션《릴로 & 스티치》크리스 샌더스 · 딘 드블루아, 2002의 귀여운 외계 생명체, 스티치다. 머리에 꽃을 꽂고, 나뭇잎 치마를 두른 채 익살스럽게 춤추는 스티치와 우쿨렐레를 들고 노래하던 릴로의 모습은 지금도 많은 사람들의 기억에 남아 있다.

흥미로운 점은 이 장면에 등장하는 악기와 복장이 모두 실제 훌라에서 사용하는 전통 소품이라는 사실이다. 릴로가 연주하던 우쿨렐레, 수업 장면에서 보이는 이푸와 울리울리, 스티치가 착용한 나뭇잎 치마와 머리 꽃까지 모두 하와이 훌라 문화의 일부다.

그래서《릴로와 스티치》는 훌라를 처음 접하는 이들에게 좋은 문화 입문서가 될 수 있다. 캐릭터들이 들고 있는 악기를 하나씩 찾아보는 것만으로도 하와이의 전통이 한층 가깝고 친근하게 느껴지기 때문이다.

Chapter 3

초보자도 쉽게 추는 훌라

훌라의 두 가지 스타일 이해하기

훌라를 처음 배우러 온 사람들에게 "훌라에는 여러 종류가 있어요"라고 말하면 대부분 의외라는 표정을 짓는다. 많은 사람이 떠올리는 훌라의 모습은 꽃목걸이를 걸고, 우쿨렐레 소리에 맞춰 웃으며 춤을 추는 장면이다. 하지만 그것은 훌라의 한 단면일 뿐이다. 훌라에는 카히코와 아우아나라는 두 가지 대표적인 스타일이 있다. 이 두 춤은 같은 뿌리에서 자라났지만 서로 다른 방향으로 뻗은 형제 같은 존재다. 훌라를 잘 이해하고 싶다면 이 두 가지 스타일의 차이를 아는 것이 그 시작점이 될 것이다.

카히코는 하와이의 신화와 전통을 전하는 가장 오래된 형태의 훌라다. 하와이 왕국이 세워지기 전부터 존재했던 이 춤은 공연이나 관람을 위한 춤이 아니라 신과 조상에게 바치는 의식의 일부였다. 음악은 주로 올리oli라는 창노래으로 구성되며, 때로는 이푸, 이푸헤케, 파후 같은 악기가 리듬을 이끈다. 파후는 코코넛 나무통 위에 상어 가죽을 씌워 만든 전통 북으로 카히코에서 가장 신성한 악기 가운데 하나다. 낮고 깊게 울려 퍼지는 북소리는 영적인 연결을 상징한다. 무용수는 그 울림 속에서 호흡을 가

다듬고 발걸음 하나에도 경건한 기도를 담아낸다. 파후의 소리
는 몸을 움직이게 할 뿐 아니라 마음과 정신까지도 집중시키는
힘을 지니고 있다고 한다.

춤을 출 때 입는 의상 역시 자연과의 조화를 드러낸다. 그 중에
서도 티잎은 특별한 의미가 있다. 하와이에서 신성하게 여겨지
는 이 식물은 악령을 막아주고 치유와 번영을 가져다준다고 믿
는다. 무용수들은 티잎으로 만든 스커트나 장신구를 착용해 보
호와 축복의 힘을 몸에 두르며 춤을 춘다. 생화와 나뭇잎 장식,
깃털 머리 장식 그리고 맨발은 자연과 직접 이어지는 또 하나의
방식이다. 특히 발을 힘껏 구르며 땅의 기운을 받는 동작은 카히
코를 상징하는 중요한 요소다. 초보자에겐 다소 무겁고 낯설게
느껴질 수 있지만 그 안에는 하와이 전통문화의 깊이와 영성이
고스란히 담겨 있다. 카히코는 몸으로 전하는 춤이자 마음으로
이어가는 기도이며 대지와 하늘을 잇는 하나의 의식이라고 생
각하면 된다.

아우아나는 카히코 이후, 하와이 왕국 시대와 미국령 시기를 거
치며 탄생한 현대적 스타일의 훌라다. 이름 그대로 '흐르다, 흘러
가다'라는 뜻을 지니고 있으며, 실제 동작도 카히코보다 훨씬 부
드럽고 유연하다. 춤은 강렬한 의식에서 벗어나 일상으로 내려
와, 사랑과 가족 그리고 자연과 삶의 풍경 같은 이야기를 담는다.

음악은 우쿨렐레와 기타, 슬랙키 기타, 콘트라베이스 등 서양 악기와 어우러져 연주된다. 가사가 있는 노래에 맞춰 춤을 추기 때문에 감정 표현이 한층 풍부하다. 곡선으로 이어지는 흐름과 손동작은 아우아나의 가장 큰 특징이다. 손끝으로 꽃을 표현하고, 바람을 그리며 사랑을 이야기한다. 같은 동작이라도 춤추는 이의 감정과 해석에 따라 표현이 달라져 누구나 자기만의 이야기를 담아낼 수 있는 춤이다.

의상과 소품 역시 카히코와는 사뭇 다르다. 알록달록한 스커트와 드레스, 머리와 손목을 장식하는 꽃, 목에 걸린 레이는 화려하고 다채롭다. 표정 또한 중요한 요소라 미소와 감정 표현이 춤의 일부로 작용한다. 아우아나는 공연이나 행사, 경연대회에서 자주 접할 수 있어 훌라를 처음 만나는 사람들이 자연스럽게 입문하기에 좋은 문이 된다. 두 스타일은 느낌뿐만 아니라 배우는 방법과 접근법에서도 다르다. 초보자라면 각 스타일에 맞는 포인트를 이해하고 연습하는 것이 도움이 된다.

카히코는 무엇보다 기본기를 단단히 다지는 것이 중요하다. 중심을 잡는 자세, 힘 있게 발을 디디는 훈련, 올리의 리듬을 외우고 몸에 새기는 과정이 포함된다. 가사를 따라 하기보다는 그 안에 담긴 전설과 신화를 이해하고, 절제된 힘으로 몸으로 표현하는 것이 가장 먼저다. 처음에는 어렵고 낯설 수 있지만 반복할수록 중심이 잡히고 동작에도 힘이 실린다. 초보자에게는 다소 부담스러워 보통 기본기를 익힌 뒤 중급 과정에서 접하게 된다. 하지만 카히코의 리듬을 들어보거나 올리를 따라 외워보는 것만으로도 훌라의 뿌리를 이해하는 데 큰 도움이 된다.

아우아나는 감정 표현과 손동작을 중심으로 시작한다. 꽃을 쥐는 듯한 손, 바람을 가리키는 듯한 동작처럼 비유적인 표현을 손으로 그리는 방식을 익히는 것이 핵심이다. 또한 웃는 연습부터 시작하는 것도 아우아나만의 특징이다. 음악을 들으며 가사의 의미를 이해하고 그 감정을 몸짓에 담는 법을 익히는 것에서 출발한다. 우쿨렐레 음악에 익숙해지면 리듬을 자연스럽게 타는 감각도 길러진다.

카히코와 아우아나는 서로 대조되지만 동시에 서로를 더욱 빛나게 해주는 존재다. 하나는 전통의 맥락을 이어가고, 다른 하나는 현재의 감정을 담아낸다. 어느 쪽이 더 낫다고 말할 수는 없다. 두 가지 모두를 호기심을 가지고 경험해 보는 것, 그것이 훌라를 온전히 이해하는 길이다. 처음엔 아우아나의 부드러운 음악과 손동작에 끌릴 수도 있다. 그러나 어느 순간 카히코의 북소리에 맞춰 땅을 디디며 춤출 때, 훌라가 단순한 춤을 넘어 삶과 자연 그리고 존재 자체를 노래하는 깊은 예술임을 깨닫게 될지도 모른다. 결국 중요한 것은 춤을 잘 추는 것이 아니다. 훌라를 통해 내 안의 이야기를 만나보려는 마음이다. 어떤 스타일이든 훌라는 각자에게 꼭 맞는 속도와 리듬으로 다가온다. 그러니 조급해하지 말고 한 발 한 발 내딛으며 훌라의 세계로 들어가 보자. 당신의 그 첫걸음이, 아름다운 훌라 세상을 열어 줄 것이다.

하와이의 지혜를 담은 카드, 마나 카드

하와이안 마나 카드는 우리가 잘 아는 타로 카드와 비슷한 형태를 하고 있지만, 그 안에 담긴 이야기는 훨씬 더 깊다. 총 44장의 카드에는 하와이의 전통과 문화, 신화와 자연, 그리고 조상들의 지혜가 깃들어 있다.

마나는 하와이 말로 '영적 에너지, 생명력'을 뜻한다. 이 이름처럼 마나 카드는 미래를 예측하는 도구가 아니라 지금의 나를 들여다보고 앞으로 나아갈 길을 찾도록 도와주는 거울이다. 예를 들어 펠레Pele 카드는 하와이의 화산 여신을 상징한다. 격렬한 화산 폭발처럼 모든 것을 무너뜨릴 것 같은 힘이지만, 그 속에는 새로운 땅을 만들고 생명을 품게 하는 창조의 열정이 숨어 있다. 이 카드를 뽑았다면 하와이 사람들은 이렇게 말할 것이다.
"땅이 뒤집힐 만큼 큰 변화를 두려워하지 마세요. 그 변화는 당신을 새로운 창조로 이끌 것입니다"

또 다른 카드인 라카Laka는 훌라의 여신으로 춤과 노래, 예술을 통해 영감을 전한다. 라카 카드를 만난 날에는 꽃을 꺾어 레이를 엮거나 음악에 맞춰 몸을 흔들며 마음의 문을 열어 보는 것도 좋다. 펠레가 변화와 창조의 불길이라면 라카는 춤과 예술의 영감으로 삶을 밝혀준다.

포/아오Po/Ao는 밤과 낮 무의식과 의식을 함께 담고 있는 카드다. 서로 반대처럼 보이지만 낮이 있기에 밤이 있고 밤이 있기에 낮도 더 선명해진다. 삶 역시 빛과 그림자가 짝을 이루며 균형을 만든다. 이 카드를 뽑았다면 내 안의 밝음과 어둠을 모두 받아들이라는 신호다. "어둠을 두려워하지 마세요, 그 속에 빛은 더 환해집니다"

나우파카Naupaka 카드는 반쪽만 피어나는 신비한 꽃을 상징한다. 전설에 따르면 사랑하는 연인이 갈라져, 하나는 산에서, 다른 하나는 바닷가에서 살아야 했다고 한다. 그리움은 꽃잎에 남아 반쪽 모양이 되었다. 그래서 지금도 산 나우파카와 바닷가 나우파카가 따로 피어난다. 이 이야기는 훌라춤으로도 전해져 무용수는 손으로 반쪽 꽃잎을 그리며 그리움과 이별의 정서를 표현한다. 나우파카 카드는 잃음 속에서도 여전히 이어져 있는 사랑을 떠올리게 하며 불완전함이 새로운 성장을 이끈다는 메시지를 전한다.

하와이Hawai'i 카드는 44장 가운데 단 하나, 하와이 그 자체를 상징한다. 푸른 바다와 웅장한 산, 따뜻한 햇살과 부드러운 바람이 모두 이 카드 속에 담겨 있다. 하와이는 존재의 뿌리이며 근원이다. 이 카드를 뽑았다면 삶이 흔들릴 때 돌아가야 할 기반을 기억하라는 의미다. "당신은 이미 단단한 땅 위에 서 있습니다"

기본 자세와 첫걸음 시작하기

"어? 따라 하기 쉬워 보여요!" 훌라를 처음 본 사람들은 종종 이렇게 말하곤 한다. 부드럽고 우아한 손동작, 잔잔한 음악에 맞춰 천천히 흐르는 몸짓은 얼핏 보면 누구나 곧장 따라 할 수 있을 것처럼 느껴진다. 그러나 막상 처음 훌라를 배워보면, 몸이 마음처럼 따라주지 않아 당황하게 된다. 단순해 보였던 동작조차 몸에 익히려면 시간이 제법 걸린다. 이 어색함을 자연스러움으로 바꾸는 방법은 단 하나다. 바로 기본자세와 기본 스텝을 반복해서 연습하는 것이다.

모든 춤이 그렇겠지만 특히나 훌라의 진짜 아름다움은 기본 위에 쌓인다. 나는 수업을 시작할 때마다 스트레칭과 호흡 훈련으로 훌라의 시작을 알린다. 이 시간은 몸을 푸는 시간이기도 하지만 몸과 마음을 천천히 춤의 세계로 초대하는 의식이자 준비 과정이기도 하다. 처음 오는 이들 중에는 종종 "오늘은 스트레칭만 하다 끝나는 거 아니죠?"라고 묻는 사람도 있을 만큼 나는 이완과 호흡 조절을 중요하게 생각한다. 훌라는 부드럽고 유연한 움직임이 기본이 되는 춤이기 때문이다.

예를 들어 골반을 부드럽게 원을 그리며 돌리는 아미Ami 같은 스텝을 하려면 먼저 골반 주변의 긴장을 풀어야 한다. 나는 회원들과 함께 왼쪽에서 시작해 뒤쪽을 지나 오른쪽으로 이어지는 둥근 원을 그리며 스트레칭을 한다. 그 움직임에 복식 호흡을 더해 몸의 흐름과 마음의 리듬을 천천히 하나로 만든다. 이 시간은 춤의 기본 자세를 제대로 잡아주는 시간이며 집중력을 길러주는 아주 중요한 과정이다.

그다음으로 연습하는 것이 바로 기본 자세다. 이 자세는 훌라의 뿌리이자 중심축이 된다. 양 발은 발 하나 정도 간격을 두고 벌리고 무릎은 살짝 굽힌다. 허리는 반듯하게 세우되 힘을 빼고 어깨는 자연스럽게 내려준다. 손은 주먹을 살짝 쥔 채로 골반 옆에 두고, 머리는 정수리 방향으로 가볍게 끌어올리는 느낌을 유지한다. 이 자세만 잘 잡아도 몸의 중심이 단단해지고 동작의 흐름이 훨씬 안정된다. 하지만 말처럼 쉽지는 않다. 처음 이 자세를 취하면 허벅지가 아프다며 웃는 회원도 있다. 기본 자세를 취하고 기본기를 연습하기 시작하면 손과 발이 따로 움직인다고 당황하는 사람이 많이 생긴다. 그러면 나는 보통 손과 발을 동시에 움직이지 않고 발동작만 먼저 반복하거나 손동작만 따로 연습하게 하여 몸이 기억할 시간을 준다. 천천히. 아주 천천히 동작을 나누어 설명하며 그들과 함께 호흡을 맞춰간다.

스트레칭으로 몸이 데워지고 긴장이 풀린 다음에는 카오, 투스텝, 포스텝 같은 기본 스텝들을 배운다. 카오는 한쪽 발을 디디며 중심을 이동하는 동작이다. 무게 중심을 옮기고 균형을 유지하며 리듬에 맞춰 흔들림 없이 유지해야 한다. 이때 무릎의 탄력과 발바닥의 감각이 무척 중요하다. 이 기본 스텝이 지루하게 느껴질 수 있다. 몇몇은 "이거 언제까지 해요?", "작품은 안 해요?" 하는 눈빛을 보내기도 한다. 그러나 기본 스텝을 익히는 어느 정도의 시간이 지나고 나면 자신도 모르는 커다란 변화가 찾아온다. 한 회원이 수업이 끝난 뒤 이렇게 말했다. "처음에는 솔직히 기본 스텝을 연습하는 시간보다 작품을 배우는 시간을 기다렸는데요. 이제는 기본 스텝을 연습하는 시간이 더 좋아요. 기본만 제대로 돼도 작품을 연습할 때 몸이 훨씬 자연스럽게 움직여요"

이런 고백은 한두 번이 아니다. 또 어떤 이는 파우 스커트를 입고 예쁜 동작을 추는 상상에 들떠 수업에 참여했지만, 반복되는 기본 스텝 연습에 흥미를 잃는 듯 보였다. 그런데 두 달쯤 지나자 이렇게 말했다. "이젠 스텝 밟는 발바닥 감각이 너무 좋아요. 그 감각 덕분에 음악이 몸 안으로 들어오는 느낌이에요" 바로 이것이 반복의 힘이자 자연의 춤 훌라의 힘이다. 몸이 리듬을 기억하고 몸의 중심이 잡히며 감정이 자연스럽게 실린다. 이렇게 기본 스텝이 몸에 익으면 작품을 표현할 때 손동작도 훨씬 수월해진다. 손이 부드럽게 흐르고 표정에도 조금씩 여유가 생긴다. 그렇게 기본 동작 위에 감정과 표현이 얹히며 비로소 '나만의 훌라'가 완성되어 간다.

훌라의 기본 자세와 스텝을 반복하다 보면 어느 순간 달라진 자신의 몸을 느끼게 된다. 시작할 때는 어색하게만 느껴졌던 동작들이 조금씩 자연스러워지고 몸의 중심이 단단해진다. 스스로도 눈치채지 못할 만큼 서서히 그러나 분명하게 움직임에 변화가 생긴다. 마음속에는 자신감도 피어난다. 반복은 때때로 지루할 수 있다. 하지만 그 안에는 성장의 씨앗이 숨어 있다. 매일 단 십분이라도 기본자세를 연습해 보자. 몸은 기억하고 감정은 점점 동작 속으로 자연스럽게 스며들 것이다. 기본기는 눈에 띄는 결과를 금세 보여주지는 않지만 시간이 흐를수록 그 진가가 드러난다. 화려한 안무를 추는 데에만 관심 있던 회원들이 점점 기본 동작의 깊이를 깨닫고 자신만의 춤을 만들고 싶어 하는 모습을 볼 때마다 놀라고 감동한다.

"가장 빠른 길은 기본으로 돌아가는 것" 서두르지 않고 조급해하지 않으며 매일 조금씩 반복하고 다져가는 그 길. 바로 그 길이 훌라의 꽃이 피어나는 길이다. 당신이 지금 그 꽃을 피우기 위해 첫걸음을 내딛고 있다면 그것은 이미 아름다운 시작이다. 바로 그 발끝에서 훌라의 세계가 펼쳐진다.

대표적인 훌라 스텝 따라 해 보기

훌라 수업에서 내가 가장 자주 듣는 말은 "생각보다 어렵네요"이다. 하지만 걱정하지 않아도 된다. 훌라는 복잡하거나 화려한 동작으로 시작하지 않는다. 기본 스텝을 차근차근 익히는 것 그것이 훌라의 첫걸음이다. 무게 중심이 한 발에서 다른 발로 부드럽게 옮겨가는 움직임을 몸에 익히기 시작하면 자연스럽게 음악과 감정이 몸에 스며들게 된다. 특히 초보자일수록 흔히 골반을 더 크게 움직여야 한다고 생각하기 쉽다. 그러나 이는 잘못된 생각이다. 진짜 중요한 건 무게 중심의 이동이다. 그 흐름만 잘 익혀도 골반은 저절로 흔들린다. 오히려 억지로 골반을 움직이려고 하면 허리나 골반에 통증이 생기기 쉽다. 무게 중심을 이해하고 천천히 반복하며 몸으로 익히는 것. 그 안에서 훌라의 우아함이 피어난다.

이제 훌라의 대표적인 기본 스텝 네 가지를 함께 익혀보자. 발끝에서 시작해 몸 전체로 리듬을 느끼며 따라 하다 보면, 훌라의 흐름이 당신 몸 안에 자연스럽게 자리 잡을 것이다.

대표적인 훌라 기본 스텝 네 가지

❀ 카오 Kāo

가장 기본이 되는 제자리 스텝이다. 한쪽 발에 몸무게를 실었다가 반대쪽으로 옮기는 동작을 좌우로 반복한다. 리듬감과 무게중심 이동을 익히는 데 매우 효과적이다.

「연습 방법

1. 발을 양 발 사이에 발 하나가 들어갈 정도로 벌려서 선다.
2. 무릎은 살짝 굽히고 상체는 반듯하게 세운다.
3. 어깨에 힘을 빼고 양손은 가볍게 주먹을 쥔 채 골반 옆에 둔다.
4. 왼발에 무게를 실었다가 오른발로 옮겨본다.
5. '왼쪽 오른쪽' 말하면서 8회 반복 해 본다.
6. 골반도 딛는 발의 중심을 따라 자연스럽게 움직여 본다.

「연습 팁

1. '왼쪽 오른쪽' 말하면서 무게중심의 이동을 느껴본다.
2. 발바닥을 바닥에 붙인 채 바닥의 감각을 느끼며 움직인다.
3. 음악 없이 몸 안의 리듬을 먼저 느껴본다.
4. 카오가 익숙해지면 다른 스텝도 훨씬 수월해진다.

❀ 카홀로 Kaholo

네 박자에 맞춰 투스텝으로 좌우 또는 앞뒤로 이동하는 기본 스텝이다. 대부분의 훌라 곡에서 가장 자주 등장한다.

「연습 방법 (옆으로 이동하는 경우)

1. 기본 자세로 선다.

2. 왼발로 무게 중심을 옮긴 후 → 오른발을 옆으로 내딛고 → 왼발을 오른발 쪽으로 가져와 두 발을 모은다 → 다시 오른발을 오른쪽으로 내딛고 → 왼발을 오른발 옆에 탭하며 멈춘다.

3. 반대 방향도 오른발로 무게 중심을 옮긴 후 → 왼쪽으로 왼발 내딛고 → 오른발을 왼발 쪽으로 가져와 두 발을 모은다 → 다시 왼발 왼쪽으로 내딛고 → 오른발을 왼발 옆에 탭하며 멈춘다.

4. 반복하며 옆으로 이동한다.

「연습 팁

1. 무릎을 너무 펴지 말고 항상 탄력 있게 유지한다.

2. 걷는 느낌보다는 다리에 무게를 싣고, 리듬에 맞춰 골반도 함께 움직인다.

3. 상체는 흔들리지 않도록 중심을 잘 잡고, 발이 이끈다는 느낌으로 연습해 보자.

✿ 헬라 Hela

오른발과 왼발을 차례로 사선 방향으로 45도 정도로 내밀었다가 다시 제자리로 돌아오는 스텝이다. 내미는 발에는 체중이 실리지 않고 지지하고 있는 발에 무게가 실려있게 된다. 내딛는 발에 실제로 체중은 이동하지 않고 중심은 그대로 둔 채 동작을 이어간다.

내밀었던 발이 제자리로 돌아오고 난 후 제자리로 돌아온 발에다 체중을 이동한다. 이때 골반의 움직임도 같이 해준다. 단순하지만 섬세한 감정 표현이 가능해 훌라 손동작과 어우러질 때 특히 아름답다.

「연습 방법

1. 기본 자세로 선다.

2. 오른발을 1시 방향으로 사선 앞에 내밀고 발끝만 바닥에 가볍게 닿게 한다.

3. 다시 제자리로 돌아온 뒤, 왼발을 11시 방향으로 같은 방식으로 반복한다.

4. 오른쪽, 왼쪽 한 세트로, 4회 정도 반복해 본다.

「연습 팁

1. 내미는 발은 힘 있게 뻗되 감정을 담아서 내민다. 이때 몸의 무게 중심은 지지하고 있는 발에 둔다.

2. 골반의 움직임도 부드럽게 이동될 수 있게 같이 연습한다.

3. 무릎은 항상 부드럽게 유지하되 발끝의 표현에 집중해 보자.

✿ 아미 Ami

골반으로 부드럽게 원을 그리듯 회전하는 스텝이다. ·훌라의 부드러움과 우아함을 가장 잘 보여주는 동작이다.

「연습 방법

1. 발을 어깨너비보다 좁게 벌리고 선다. 무릎은 살짝 굽힌다.

2. 상체는 고정한 채로 골반만 움직인다. 가슴은 정면을 향한다.

3. 골반으로 왼쪽에서 시작해 시계 반대 방향으로 천천히 움직인다. 사각형의 각 꼭짓점을 지나간다고 생각하면 쉽다.

4. 시계 방향으로 움직일 때도 오른쪽에서 시작해 골반을 뒤로 이동하면서 움직인다.

5. 이어서 4번씩 반복한다.

「연습 팁

1. 처음엔 각 점을 또렷하게 끊어서 연습하고, 익숙해지면 부드럽게

연결한다.

2. "왼 – 뒤 – 오른 – 앞"을 속으로 말하면서 움직이면 좋다.

3. 상체가 흔들리지 않게 시선은 정면을 유지하고 가슴도 고정하는 것이 중요하다.

4. 음악 없이 천천히 연습한 후 하와이 음악에 맞춰서 움직여 보면 감각이 달라진다.

손동작으로 감정을 표현하는 법

홀라의 손동작은 마치 한 편의 시를 쓰는 것과 같다. 그래서 홀라를 배우기 시작하는 이들에게 손동작이 낯설게 느껴질 수 있다. "이건 무슨 뜻이지?", "왜 이렇게 움직이지?"하는 질문이 자연스럽게 떠오를 것이다. 의미를 모르고 동작만 흉내 내다 보면 머뭇거리게 되기 마련이다. 하지만 생각해보자. 어릴 적 허공에 손가락으로 낙서하듯 그림을 그려본 기억이 있지 않은가? 그 순수한 상상력과 몸의 감각이 바로 홀라 손동작의 시작이다. 손으로 허공을 캔버스 삼아 감정을 그리고 그 그림에 생명을 불어넣는 춤 그것이 바로 홀라다.

홀라 손동작의 첫걸음은 상상력이다. 이를테면 바다를 표현한다고 상상해 보자. 눈앞에 펼쳐지는 푸른 물결, 밀려왔다가 스르르 빠져나가는 파도의 움직임을 떠올리고, 그 장면의 소리와 감촉 분위기까지 마음속에 그려본다. 어떻게 손을 움직일까 고민하기에 앞서 먼저 마음으로 그 풍경을 느끼는 것이 중요하다. 감정을 느끼면 손이 움직이고 상상이 손동작의 감정을 이끌어낸다.

홀라의 기본 손동작은 단순해 보이지만 그 안에 담긴 의미는 단순하지 않다. 손끝까지 흐르는 부드러움 속에 춤의 깊이가 담겨 있다. 이제 상상 속 풍경을 실제 동작으로 옮겨보자. 예를 들어 바다가 밀려오는 느낌을 표현하고 싶다면 훌라의 기본 손동작인 '손등 누르기'와 '손목 들기'를 활용할 수 있다. 두 손을 가슴 앞에 두고 시작한다. 손바닥은 바닥을 향하게 하고 손끝은 힘을 빼서 가볍게 둔다. 이제 두 손이 함께 움직인다. 오른손은 옆으로 펼쳐 나가면서 손등을 살짝 눌러주고, 이어서 손목을 부드럽게 들어 올린다. 왼손도 같은 방식으로 손등을 눌렀다가 손목을 들어 올리지만 자리는 가슴 앞에 그대로 둔다.

다음 동작에서는 반대가 된다. 이번에는 왼손이 옆으로 나가고, 오른손은 가슴 앞에서 같은 동작을 반복한다. 이때 중요한 것은 두 손이 따로 움직이는 것이 아니라, 늘 같은 리듬과 같은 모양을 유지하며 흐른다는 점이다. 한 손은 옆으로 나가 세상에 이야기를 건네고 다른 손은 가슴 앞에서 그 이야기를 받쳐 주듯 이어진다. 이렇게 번갈아 이어지는 손동작은 마치 두 손이 서로 대화를 나누는 것처럼 자연스럽고 조화롭게 움직인다.

이 동작은 손끝에서 팔꿈치, 어깨까지 자연스럽게 흐르며 훌라 특유의 곡선을 만들어낸다. 빠르게 따라 하는 것보다 지금 내가 어떤 감정을 느끼며 움직이고 있는지에 집중하는 것이 중요하다. 반복할수록 힘을 뺀 손끝에 생기가 돌고 점점 더 부드럽고 자연스러운 흐름이 생겨날 것이다. 손동작이 익숙해졌다면 이제 몸과의 조화를 맞춰야 한다. 훌라는 손만 움직이는 춤이 아니다. 발, 골반, 시선까지 어우러져야 비로소 하나의 춤이 된다. 손과 발이 따로 놀면 전체가 어색해지기 마련이다. 그러므로 리듬을 맞추는 꾸준한 연습이 필요하다. 몸 전체가 한 줄기의 노래처럼 이어질 때 비로소 춤은 자연스러워진다. 손은 내 마음속 감정을 담는 붓이다. 잔잔한 바다는 손동작을 천천히 흘려 보내듯, 그리움은 살짝 끌어당기듯 표현하면 된다. 사랑, 기쁨, 슬픔, 그리움… 이 모든 마음이 손동작 속에 스며들면 춤은 깊어지고 보는 이의 마음에도 잔잔한 파문이 일어난다.

훌라는 안무를 외워서 완성하는 춤이 아니다. 진짜 훌라는 마음속 감정과 상상을 표현하는 데서 시작된다. 처음엔 손이 뜻대로 움직이지 않아 어색할 수 있다. 하지만 중요한 것은 정확한 모양이 아니라 나만의 이야기를 담아내려는 진심이다. 마음이 가는 대로 손을 움직이던 것처럼 훌라의 손동작도 그렇게 가볍게 시작하면 된다. 바람을 그리고 꽃을 피우고, 파도를 흘려보내며 태양을 떠올리는 것이다. 특별한 기술은 필요 없다. 진심이 담긴 한 줄기 손짓이면 충분하다. 그 한 번의 움직임이 당신의 훌라를 만들어낸다.

손동작은 지나치게 정교하게 하려고 애쓸 필요가 없다. 조금 달라도 괜찮다. 그 다름 속에서 당신만의 감정과 리듬이 살아난다. 또, 훌라는 완벽을 요구하지 않는다. 마음을 표현하는 춤이니 당신의 감정을 믿고 손을 들어 올려 보자. 그 손짓에서 피어나는 이야기야말로 가장 진솔하고 아름다운 훌라가 된다. 무대의 화려함도 남의 시선도 중요하지 않다. 오직 마음과 상상력이 손길을 따라 흐르면 된다. 천천히 그러나 용기 있게 손을 들어보라. 바로 그 순간 당신의 훌라가 시작된다.

훌라 기본 손동작, 이렇게 해보자

훌라 손동작을 능숙하게 하기 위해선 기술도 중요하지만 느낌을 내는 것이 중요하다. 기본기를 익히면 더 자유롭게 표현할 수 있고 부드러운 느낌을 낼 수 있다. 아래 두 가지는 훌라에서 가장 많이 사용되는 손동작으로, 부드러운 흐름과 감정을 표현하는 데 기본이 되는 모션이다.

손등 누르기 Push Down the Back of the Hand
양팔을 가슴 앞에 들어 올린다. 이때 손바닥은 바닥을 향하게 하고, 양손 사이 간격은 주먹 하나 들어갈 정도로 띄운다. 팔꿈치는 가슴선 높이, 어깨는 힘을 빼고 편안하게 둔다.

먼저 오른손을 펴서 왼손하고 같은 위치에 나란히 두고 손등을 지그시 천천히 아래로 눌러준다. 마치 눈앞에 떠 있는 얇은 구름이나 잔잔한 물결을 살짝 누르듯이, 부드럽고 천천히 움직인다.

손목 들기 Lift the Wrist

손등을 눌러 마무리한 위치에서, 양손을 그대로 둔 채 손목을 천천히 위로 들어 올린다.

이때 손끝에 힘을 빼고, 손목이 먼저 움직이고 손끝이 그 흐름을 따라 자연스럽게 올라오도록 한다. 마치 손등으로 바람을 스치듯 가볍게 들어 올리는 느낌을 떠올려 보자.

동작은 빠르지 않게, 숨을 들이쉬거나 내쉬는 호흡에 맞춰 천천히 리듬을 타며 진행한다. 이때 팔 전체를 움직이기보다는 팔꿈치 아래부터 손목까지의 부드러운 움직임이 중심이 되어야 한다. 어깨는 계속 힘을 뺀 상태로 유지하는 것이 중요하다.

연습 팁

거울 앞에서 연습해 보자. 손의 위치, 곡선, 높낮이를 스스로 점검할 수 있어 도움이 된다. 손등을 누를 땐 부드럽게, 손목을 들 땐 힘을 빼고 자연스럽게 연결해 보자. 오른손, 왼손을 번갈아 가며 천천히 흐름을 만들어 가는 것이 중요하다. 손목을 누를 때 원, 들면서 투 하는 구령에 맞춰 연습해 보자. 음악과 호흡에 맞춰 반복하다 보면 어느새 손끝의 움직임에 자연스러움과 감정이 스며들게 될 것이다.

훌라는 네 박자 춤

　　훌라는 기본적으로 네 박자에 맞춰 추는 춤이다. 하나, 둘, 셋, 넷. 이 단순한 리듬이 훌라의 흐름을 지탱하는 뼈대가 된다. 물론 곡에 따라 세 박자나 다른 리듬에 맞춰 추기도 하지만, 초보자가 가장 쉽게 몸에 익힐 수 있는 것은 네 박자다. 그래서 나는 수업을 시작할 때 늘 이렇게 말한다. "훌라는 네 박자 춤이에요." 처음 듣는 사람들 중 몇몇은 고개를 끄덕이기도 하지만, 어떤 이들은 낯선 규칙처럼 느껴지는지 고개를 갸웃하곤 한다. 그러나 네 박자는 억지로 맞춰야 하는 규칙이 아니라 춤과 마음을 하나로 이어주는 리듬이다. 그 리듬 위에서 각자의 감정과 이야기가 자연스럽게 춤으로 흘러나온다.

하와이에서 숫자 4는 자연과의 조화를 상징한다. 불, 물, 바람, 흙. 이 네 가지 자연 요소는 동서남북 네 방향과 맞닿아 있어 인간이 살아가는 터전이 어디에 있든 자연과 연결되어 있다는 의미를 담고 있다. 그래서 숫자 4는 균형, 조화 그리고 삶의 순환을 나타내는 특별한 상징이다. 반면 우리나라에서는 죽을 사死와 발음이 같아 기피하는 경우가 많다. 병원이나 아파트에서 4층을 F로 표기하거나 아예 생략하는 것도 그 때문이다. 하지만 이는 곧 생명을 소중히 여기는 문화적 태도의 표현이기도 하다. 서로 다른 의미를 지닌 숫자 4가 각기 다른 방식으로 존중받고 있는 셈이다. 훌라 수업에서도 숫자 4는 춤을 바꾸는 순간을 자주 만들어낸다. 처음에는 손과 발이 따로 놀고 박자가 밀리기 일쑤다. 그럴 때 나는 이렇게 말한다. "땅 위에 네 개의 발자국을 찍듯이, 천천히 하나, 둘, 셋, 넷을 세어보세요"

그러면 어느 순간부터 몸이 그 네 박자 리듬에 자연스럽게 반응하기 시작한다. 첫 번째 박자에 손을 펼치고, 두 번째 박자에 손을 모으며, 세 번째 박자에 손을 들어 올리고, 네 번째 박자에 손을 내려 마무리한다. 이 단순한 네 박자 안에 의미와 감정, 그리고 춤의 흐름이 스며든다. 박자에 집중하며 반복하다 보면 동작은 점점 자연스러워지고 춤은 한 걸음 한 걸음이 이어져 어느 순간 익숙한 흐름이 된다.

이런 과정에서 내가 시도한 것이 바로 트로트 훌라였다. 트로트는 워낙 귀에 익은 네 박자 리듬이라 초보자도 쉽게 따라갈 수 있다. 많은 사람이 처음엔 "훌라에 트로트가 어울리나요?"하고 의문을 품다가도 음악이 흐르고 몸이 반응하기 시작하면 어느새 입가에 미소를 머금고 춤을 춘다. 다만 트로트에 거부감을 가진 이들도 있어 나는 몇 가지 기준을 정해 두었다. 가사는 단순할 것, 안무는 3분 이내로 유지할 것, 그리고 곡의 주제는 자연이나 사랑일 것. 이런 기준은 훌라의 정체성을 해치지 않으면서도 초보자들이 자연스럽게 네 박자 리듬을 익히도록 돕는다. 실제로 한 회원은 이렇게 말했다.

"처음엔 박자를 맞추느라 정신이 없었는데, 익숙한 음악의 네 박자에 손과 발이 딱 맞아떨어지는 그 순간, 정말 훌라춤이 되는 기분이 들었어요."

그 말을 들으며 나는 다시 확신했다. 훌라의 네 박자는 단순한 규칙이 아니라 자기 자신과 연결되는 리듬이라는 것을. 그리고 그 리듬에 몸을 맡기는 연습만으로도 훌라는 우리 삶 속으로 충분히 들어올 수 있다는 것을 말이다. 기억하자. 숫자 4는 단순히 훌라춤의 박자가 아니다. 당신의 춤을 완성으로 이끄는 다정한 동반자다. 발걸음을 내디딜 때마다 마음속으로 "하나, 둘, 셋, 넷"을 조용히 세어보자. 그렇게 네 박자가 몸에 익고 마음과 이어질 때, 당신은 훌라와 친한 친구가 될 수 있다. 춤이 조금 느리고 남들과 달라도 괜찮다. 네 박자 안에는 이미 당신만의 이야기가 흐르고 있으니까. 훌라는 네 박자를 기본으로 하는 춤이다. 그 리듬에 당신의 마음을 담는 것, 그것이면 충분하다.

Chapter 4

못해도 괜찮아, 훌라!

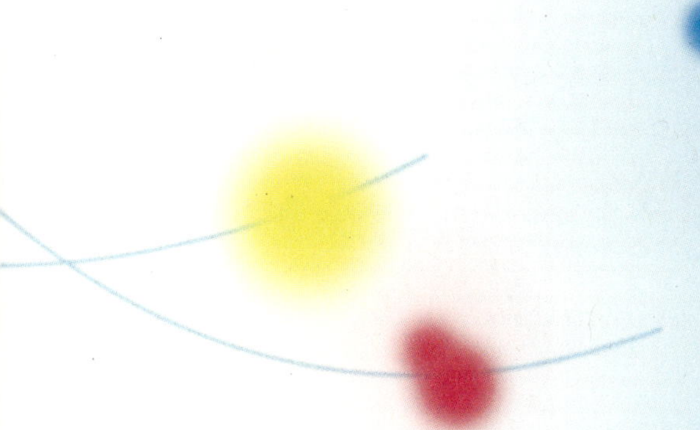

"훌라는 몇 살까지 출 수 있어요?"
이 질문을 들을 때마다 나는 웃으며 대답한다.
"숨 쉬는 한, 언제든지요!"

훌라는 나이나 체형, 춤 실력에 상관없이 누구나 출 수 있는 춤이다. 어떤 이는 젊은 날 무대의 기억을 떠올리며 다시 도전하고, 또 어떤 이는 평생 몸치라는 소리를 들으며 살다가 "이번 생에 춤 하나쯤은 배워보자"는 마음으로 문을 두드린다. 훌라는 그런 이들을 조건 없이 반겨준다. 점프도 없고 무리한 근육 사용도 없다. 손끝과 발끝에 마음을 담아 천천히 움직이면 그 자체로 훌라가 된다. 빠르게 할 필요도 남들과 똑같이 맞출 필요도 없다. 훌라는 나만의 속도로 나아가면 된다.

50대의 한 회원은 첫날 수업에서 "저는 몸치예요. 그냥 눈치껏 따라만 할게요"라며 웃었다. 하지만 시간이 지날수록 그녀는 달라졌다. 손발이 따로 놀고 실수도 잦았지만, 어느새 수업 시작 30분 전에 와서 거울 앞에서 조용히 연습하는 사람이 되어 있었다. 그 모습은 마치 스스로의 벽을 넘어서는 도전처럼 보였다.

그리고 어느 날 그녀는 말했다.

"아직도 어색하긴 해요. 그래도 이젠 괜찮아요. 춤을 즐기게 된 것만으로 충분해요."

또 다른 회원은 늘 남과 비교하며 움츠러들었다. "발이 말을 안 들어요. 저는 춤이라면 항상 도망 다녔거든요" 무대 경험도 없었고, 거울 속 자기 모습조차 낯설었던 그녀가 훌라에 도전한 이유는 단 하나였다. "내 삶에도 춤 하나쯤은 있어야 하지 않을까 싶어서요" 첫 몇 주 동안 그녀는 거의 매번 틀렸다. 손은 앞으로 나가는데 발은 옆으로 가고 타이밍도 자꾸 어긋났다. 그러나 함께 웃고 실수를 격려하는 동료들 덕분에 조금씩 자신을 놓아주기 시작했다. 그리고 어느 날 이렇게 말했다.

"처음엔 제 모습이 너무 부끄러웠어요. 그런데 여기서는 그게 문제가 안 되더라고요. 그냥 내 방식대로 추는 게 더 즐겁다는 걸 알았어요."

훌라는 잘 추는 것이 목표가 아니다. '나답게' 추는 것이 곧 훌라다. 서툰 동작도 괜찮고, 느린 타이밍도 괜찮다. 중요한 건 자신을 표현하려는 마음과 그 순간을 즐기려는 태도다. 그래서 나는 수업에서 누가 더 잘하느냐를 평가하지 않는다. 각자의 속도에 맞춰 성장하고 실수하며 웃는 그 과정 자체가 훌라의 가장 큰 선물이기 때문이다.

완벽한 동작보다 진심 어린 표현이 더 아름답다. 서툰 손짓도 작은 실수도 모두 훌라의 일부다. 춤을 추며 나도 모르게 웃음이 번지는 순간 그게 바로 훌라가 우리에게 건네는 가장 큰 선물이다. 그러니 주저하지 말고 발을 디뎌 보라. 오늘 당신의 첫걸음이 훌라와의 인연이 될 수 있다. 훌라는 기다리고 있다. 당신이라는 이름의 춤을. 처음이어도 괜찮고 실수해도 괜찮다. 훌라는 누구나의 춤이다.

나이가 들수록 더 아름다운

시니어반이라고 하면 흔히 60대, 70대로 이루어져 정적인 움직임을 주로 한다고 생각하겠지만 막상 수업에 참석한 이들을 보면 정말 나이는 숫자에 불과하다는 말을 실감하게 된다. "나는 몸쓰는 걸 좋아하지 않아", "나이가 많아서 이제는 무리야"라고 말하던 이들도 몸과 마음에 그은 경계를 지우고 나면 언제 그랬냐는 듯 활기찬 모습으로 바뀐다. 손을 흔들고 발을 옮기는 작은 움직임만으로도 몸과 마음은 다시 깨어날 수 있다. 그리고 그 시작을 도와주는 춤이 있다. 바로 훌라다. 하나의 손짓과 한 걸음에 마음을 담아 천천히 표현하는 훌라는 관절에 무리를 주지 않으면서 균형감과 유연성을 길러주고, 무엇보다 자기 몸을 다시 사랑하게 만든다.

예전엔 운동을 꾸준히 이어가지 못했던 회원이 있다. 3개월을 채운 적이 없던 그녀가 훌라를 만난 뒤 벌써 2년째 수업을 이어오고 있다. 클래식을 즐겨 듣던 그녀에게 훌라의 감성적인 멜로디는 또 다른 공감이 되었고, 동작보다 이야기에 집중하는 훌라는 삶의 리듬이 되었다. 지금은 훌라뿐 아니라 다른 운동에도 도전할 만큼 자신감을 얻었다고 말한다.

또 한 명, 81세 어르신 회원의 이야기는 더 특별하다. "댄스 여왕 우리 할머니, 최고!"라는 손녀의 응원에 힘입어 훌라를 시작했고, 생애 처음 무대에 섰다. "제가 정말 할 수 있을까요?"라며 조심스럽게 시작했지만, 공연을 마친 뒤 그녀는 이렇게 말했다. "태어나서 이렇게 행복한 경험은 처음이에요"

그 순간 나는 울컥했다. 훌라는 그녀에게 오랜 세월 묻혀 있던 가능성을 꺼내어 삶의 다음 장을 여는 용기가 되어주었다. 그 모습을 보며 나도 다짐했다. 기력이 예전 같지 않아도, 몸이 굳었다 해도 주저하지 말자. 있는 그대로의 나로 다시 시작하는 사람이 되자고.

시니어 훌라 반에는 이런 슬로건이 있다. "우리도 한다! 하와이 훌라댄스!" 그 풍경은 인생의 활력을 보여준다. 간단한 손짓, 발짓으로 시작된 춤은 어느새 일상이 되고 친구가 되고 삶의 에너지가 된다. 수업 중간 휴식 시간에 나누는 다과와 대화, 여행 이야기와 응원 그리고 "훌라 하자~!"하며 다시 일어서는 모습은 삶에 대한 애정과 의지를 그대로 보여준다. 그들의 춤을 보고 있으면 나이는 숫자일 뿐이라는 말이 실감 난다. 몸은 예전 같지 않아도 마음은 언제든 새롭게 피어날 수 있다.

무대 위에서 빛나는 것은 젊음이나 완벽함이 아니다. 자신만의 속도로 인생을 즐기고 있는 그 모습 자체가 아름답다. 그래서 나도 그들과 함께 춤춘다. 잠시 주춤할 때가 있어도 괜찮다. 다시 일어나 손을 들고 마음을 담아 흔들면 된다. 당신은 어떤 노년을 꿈꾸고 있는가? 조용히 일상에 머무는 삶도 좋지만, 음악에 맞춰 흔들리는 몸짓 하나로 다시 나를 만나고 사랑하게 되는 삶도 멋지지 않을까. 훌라를 추며 나이 들겠다는 꿈, 그것만으로도 이미 충분히 아름답다. 그리고 그 훌라는 우리 모두에게 인생의 다음 장을 열어주는 춤이 되어준다.

케하울라니, 따뜻한 미소의 할머니

무대 위 은빛 머리를 부드럽게 묶은 시니어 댄서들이 있다. 그들의 손끝은 하와이 선율을 따라 파도처럼 부드럽게 흔들리고 관객은 미소와 박수로 화답한다. 그 한가운데에는 늘 한 사람이 서 있다. 바로 안티 베벌리Auntie Beverly라 불리는 베벌리 케하울라니 카우아누Beverly Kehaulani Kauanui이다.

안티 베벌리는 하와이에서 활동하는 시니어 훌라 댄서들 가운데 특별히 상징적인 인물이다. 그녀는 훌라 메이든스Hula Maidens라는 팀을 이끌고 있는데, 이 팀은 50대에서 80대까지 다양한 나이의 사람들이 모여 함께 춤을 춘다.

오아후에서 태어난 안티 베벌리는 어린 시절부터 노래와 음악, 춤을 수십 년간 이어오며 하와이 문화 속에서 살아왔다. 그녀의 춤은 손짓 하나에도 이야기를 담아내는 깊은 표현력이 돋보인다. "춤은 마음속 이야기를 관객에게 전하는 것"이라는 그녀의 말처럼 모든 제스처와 발걸음에는 개인의 서사와 하와이 전통이 깃들어 있다.

또한 스승으로서 하와이 문화와 전통을 젊은 세대와 후배들에게 전하는 데 힘쓰고 있다. 그녀는 시니어들에게 "나이와 상관없이 누구나 아름답게 무대에 설 수 있다"는 자신감을 심어주며, 그들의 아름다움을 끌어낸다.

이처럼 시니어 훌라 댄서들은 나이를 넘어 삶의 지혜와 이야기를 전하는 문화의 전령자다. 그 가운데에서도 안티 베벌리는 대표적인 인물로, 하와이 전통 훌라의 아름다움을 오늘의 무대 위에서 생생히 보여주고 있다.

아이들의 몸과 마음도 훌라와 자란다

요즘 부모들이 아이에게 춤을 가르치려 할 때 가장 먼저 떠올리는 건 방송 댄스나 발레일 것이다. 반짝이는 조명 아래 무대, 화려한 의상, 정확히 맞춰진 박자와 동작들. 그런 춤은 확실히 멋있고 시선을 끈다. 아이들이 에너지를 분출하며 몰입하는 모습도 보기 좋다. 그런데 문득 이런 생각이 들었다. 조금 느리더라도 마음을 움직이는 춤, 자신만의 감정과 상상을 담아 표현할 수 있는 춤을 아이들이 만날 수 있다면 어떨까?

예전 한 대회에 참가했을 때의 일이다. 무대 뒤 대기실에서 한 아이가 다가와 우리 팀이 입은 의상을 조심스럽게 바라보며 물었다. "이 옷 입고 무슨 춤을 춰요?" 그 아이는 발레복을 입고 순서를 기다리던 중이었고 또래보다 키가 작고 표정은 유난히 진지했다. 작은 손끝으로 살짝 치맛자락을 만져보며 호기심 가득한 눈빛을 남기고 조용히 자기 자리로 돌아갔다. 그 모습이 오래도록 마음에 남았다. 아마 그 아이는 하와이 전통춤의 이름도, 특징도 몰랐을 것이다. 그런데도 분명히 무언가에 끌리는 감정을 느꼈다. 단순히 예쁜 옷 때문이 아니라, 그 안에 깃든 분위기와 기운이 아이의 감각을 부드럽게 건드린 것이다. 그 순간 마음

속에서 작게 문이 열리는 걸 느꼈다. "아, 아이들도 이 춤의 세계로 들어올 수 있겠구나"

그 일보다 더 앞서 아이들을 위한 훌라 체험 수업을 연 적이 있었다. 부드럽고 느린 리듬의 훌라를 과연 아이들이 좋아할까? 처음엔 반신반의했다. 그런데 음악이 흐르자마자 아이들의 몸은 자연스럽게 움직이기 시작했다. 손끝으로 하늘을 그리고, 발끝으로 바람을 따라 걷고, 누군가는 조용히 꽃잎을 흩날리듯 손을 흔들었다. 또 어떤 아이는 "이건 하와이 나무예요?"하며 눈을 반짝였다. 그 모습은 마치 그림책 속 장면이 살아 움직이는 듯했다. 훌라는 아이들에게 말한다. "틀에 맞출 필요 없어! 실수해도 괜찮아. 그저 너희들만의 리듬으로 움직이면 돼"

누가 더 잘하나 겨룰 필요도 없고 정답도 없다. 아이들은 오직 음악에 귀 기울이며 자신만의 방식으로 몸을 움직이면 되는 것이다. 그러다 보면 아이들의 얼굴에 여유가 깃들기 시작한다. 경직됐던 표정이 한결 부드러워지고 몸뿐 아니라 마음까지 풀어진다. 생각보다 바쁘고 피곤한 요즘 아이들에게 이 조용한 춤은 느긋하게 숨을 고를 수 있는 쉼표가 되어준다.

매일 학원과 숙제, 평가 속에서 빨리, 정확히 그리고 잘해야 한다는 압박을 받고 살아가는 아이들이 많다. 그러다 보니 자기 마음을 들여다보고 표현할 기회는 점점 줄어든다. 그런 아이들에게 훌라는 잊고 지내던 감각을 조용히 깨워준다. 자연스럽게 흐르는 리듬에 몸을 맡기고 천천히 움직이다 보면 자신도 모르게 마음속 감정이 손동작과 발걸음으로 흘러나오기 시작한다. 그렇게 정서가 차분히 가라앉고 '있는 그대로의 나'에 대한 믿음이 자라난다.

겉보기엔 조용해 보여도 이 춤 안에는 마음을 어루만지는 힘이 있다. 자연을 닮은 동작을 통해 몸과 마음을 부드럽게 단련하고, 자기 자신을 존중하는 태도를 배워간다. 또한 다른 사람과 조화를 이루며 함께 어울리는 감수성도 자연스럽게 자라난다. 어른들만의 춤처럼 보이지만 이 춤은 아이들에게도 좋은 친구가 되어줄 수 있다. 나는 더 많은 아이들이 이 따스한 춤을 통해 자신의 마음을 천천히 들여다보고 있는 그대로의 자신을 사랑하는 법을 배울 수 있기를 바란다. 경쟁에서 앞서는 것보다 서로의 감정을 공감하는 일이 더 소중하다는 것과 아이들이 평가보다 자신의 마음을 밖으로 꺼내어 표현하는 것이 중요하다는 것을 이 춤을 통해 느꼈으면 한다.

함께 추면 가족이 된다

처음 훌라를 배울 땐 '혼자 잘 추는 것'이 목표였다. 손과 발이 따로 놀지 않도록 음악에 정확히 맞추는 것이 중요하다고 여겼다. 그런데 춤을 출수록 내 눈은 점점 거울보다 옆 사람에게 더 자주 가기 시작했다. "아, 이건 나만 잘 추면 되는 춤이 아니구나" 훌라는 옆 사람과 리듬을 나누고, 눈을 마주치며 호흡하는 춤이었다. 우리는 나란히 서서 같은 음악에 몸을 맡기고 마치 같은 하늘을 바라보듯 함께 춤을 춘다. 실수해도 괜찮다. 서로 웃어주고 손을 잡아주는 사이가 되면 우리는 어느새 가족이 되어 있다. 비록 피 한 방울 안 섞였지만 마음으로 꽁꽁 엮인 훌라 오하나 말이다.

내가 운영하는 수업엔 70대 중반의 회원이 있다. 단 한 번도 결석하거나 지각한 적이 없을 만큼 성실한 분이다. 늘 가장 먼저 도착해 준비운동을 하고 수업이 끝나면 스스로 동작을 복습하곤 했다. 그러던 어느 날 그녀가 보이지 않았다. 이상한 예감이 들어 조심스레 지인에게 연락했더니 허리 통증으로 병원에 입원 중이라는 소식을 들었다. 그런데 놀라운 건 침대에 누운 채 다음 분기 수업 등록을 부탁했다는 것이다. "훌라는 포기할 수 없어요" 회복 중인 몸으로도 훌라는 그녀 삶의 일부였고 기다려지는 희망이었다.

다시 수업에 돌아온 그녀는 복대를 단단히 감고 조심스럽게 움직이기 시작했다. 그러나 그녀의 얼굴에는 "혹시 다시 아프면 어쩌지?", "예전처럼 못 추면 어떡하지?"하는 불안이 그대로 드러나 있었다. 나는 그녀에게 말했다. "다행히 훌라는 격한 동작이 없어요. 우리 천천히, 편안하게 해봐요" 그리고 다른 회원들은 아무 말 없이 그녀의 속도에 맞춰 동작을 함께 맞춰주었다. 누가 시킨 것도 아니었지만 모두가 조심스럽고 따뜻하게 움직였다. 그날 수업에 참여한 모두의 눈빛은 깊고 반짝였다. 그 순간 우리는 진짜 가족이 되었다는 것을 느꼈다.

수업이 끝나면 안무 이야기를 나누고 공연이 다가오면 서로의 의상을 챙기며 준비한다. 그렇게 자연스럽게 '우리'가 되어간다. 공연 무대에 함께 서서 서로의 리허설을 박수로 응원하고 무대 아래에선 누가 먼저랄 것도 없이 손을 잡는다. 언젠가 한번은 공연이 끝난 뒤 찍은 단체 사진을 보며 누군가 이렇게 말했다. "이거, 가족사진처럼 나왔어요" 그 말에 다들 고개를 끄덕이며 웃었다. 같은 음악에 몸을 맡기고 서로의 땀과 웃음을 나누며 어느새 우리는 진짜 가족이 되어 있었다. 그것은 훌라가 만들어낸 가장 아름다운 마법이었다.

훌라는 이상하다. 음악이 흐르기 시작하면 옆 사람의 박자를 살피게 되고, 무대에서는 서로의 긴장을 감싸주며 함께 흔들린다. 그렇게 손을 맞잡고 웃다 보면 어느새 하나의 공동체가 되어 있다. 집에서는 각자의 역할에 치이며 살아가지만, 훌라 수업에서는 누구도 역할 없이 '나'로 존재할 수 있다. 그 자유로운 공간에서 우리는 서로를 따뜻하게 안아준다. 그래서 나는 훌라 수업이 끝날 무렵의 풍경을 참 좋아한다. 누군가는 "마할로Mahalo 하와이어로 감사합니다"하며 큰소리로 인사하며 활짝 웃고 누군가는 옆 사람에게 "수고했어요"라고 말한다. 누가 시킨 것도 아닌데 어깨를 토닥이고 손을 맞잡아주는 그 순간들. 그 안에는 춤을 잘 추는 사람들이 아니라 서로를 응원하며 살아가는 사람들이 있다.

함께 추면 친구가 되고 더 오래 함께 추면 가족이 된다. 이 춤은 나이를 잊게 하고, 걱정을 잠시 내려놓게 하고, 내 옆에 있는 사람을 더 따뜻하게 바라보게 만든다. 춤추는 그 순간 우리는 서로의 삶에 작은 빛이 된다. 그리고 그 빛은 함께할 때 더욱 환하게 피어난다. 훌라는 그렇게 우리 모두를 오하나로 만들어주는 따뜻한 리듬이 된다.

내 몸 그대로, 훌라는 언제나 환영이에요

우리는 살아가며 종종 이렇게 생각한다. "이 몸으로 뭘 할 수 있을까?" 조금 뻣뻣한 몸, 예전 같지 않은 관절, 자꾸 무거워지는 마음마저 예전엔 잘하던 것도 어느새 이제는 무리겠지 하며 뒤로 미루게 된다. 하지만 훌라는 그런 우리에게 조용히 속삭인다. "지금 이대로도 괜찮아요. 여기서부터 시작하면 돼요"

훌라는 누가 더 유연한지 누가 더 멋지게 추는지를 겨루는 춤이 아니다. 그보다는 내 몸이 허락하는 만큼, 내 감정이 흐르는 대로 천천히 움직이는 춤이다. 손끝 하나에도 발걸음 하나에도 마음을 담을 수 있다면 그걸로 충분하다. 그래서 훌라는 누구에게나 열려 있다. 키가 크든 작든 몸이 무겁든 가볍든 아프든 건강하든 상관없이 있는 그대로의 몸과 마음을 춤추게 하는 춤이다.

잊지 못할 장면이 있다. 수업보다 조금 일찍 도착해 수업을 준비하고 있던 때였다. 교실 문이 열리며 한 회원이 깁스를 한 채 목발을 짚고 들어왔다. 한쪽 발은 두툼한 깁스에 가려져 있었고 목발에 기대선 그녀의 모습은 어딘지 익살스럽기도 했지만 동시에 놀라웠다. 그녀는 환하게 웃으며 말했다. "오늘도 훌라 하러

왔어요!" 그 말이 어찌나 밝고 당당하던지 순간 교실의 공기가 따뜻해졌다. 그녀는 일주일에 한 번 있는 수업을 빠지기엔 너무 아쉬웠다며 손동작만이라도 배우고 싶다고 말했다. 나는 걱정스러운 마음으로 무리하지 말라고 말했지만, 그녀는 단호하게 대답했다. "괜찮아요. 이 수업을 정말 기다렸어요!"

그 순간 나는 울컥했다. 걷는 것조차 힘든 몸으로 이곳에 오기 위해 얼마나 많은 마음의 준비를 했을까. 그냥 집에서 편하게 쉴지 아니면 훌라를 추러 나갈지 이 두 가지 선택지 앞에서 그녀는 망설임 없이 훌라를 선택한 것이다. 그녀는 한쪽 다리를 의자에 올려놓고 남은 손으로 열심히 손동작을 따라 했다. 표정은 진지했고 눈빛은 반짝였다. 그 모습은 마치 자신의 이야기를 춤으로 들려주는 것 같았다. 한쪽 다리에 깁스를 하고도 그녀는 누구보다 자유로워 보였다. 마치 꽃을 피우듯 손짓으로 표현하던 모습은 그 자체로 눈부시게 아름다웠다.

더 놀라운 건 그 장면을 바라보던 다른 회원들의 반응이었다. 처음엔 목발을 짚고 들어온 그녀를 보고 모두 놀랐지만 곧 조용히 그녀를 응원하는 눈빛이 교실 가득 번져 나갔다. 누군가는 어깨를 펴고 더 정성스럽게 동작을 따라 했고 누군가는 조용히 박수를 보냈다. 한 사람의 열정이 공간 전체를 변화시킨 그날의 수업은 우리 모두에게 오래도록 기억될 '삶의 수업'이 되었다. 그녀는 내게 이렇게 말했다. "훌라를 추는 이 시간이 저에겐 진짜 행복을 누리는 시간이었어요. 몸은 좀 불편해도 마음은 더 가벼워졌어요." 그 말을 들으며 나는 다시 한번 훌라는 일반 춤과는 다르다는 것을 확신했다.

자신의 삶을 긍정적으로 해석하게 해주고, 지금의 나를 존중하게 해주며 내가 여전히 살아 있다는 것을 느끼게 해주는 춤이 바로 훌라다. 훌라는 내가 할 수 있는 만큼 내가 있는 자리에서 나답게 표현할 수 있다는 것만으로도 충분하다. 그녀의 모습은 내게 많은 걸 일깨워 주었다. 완벽하지 않아도 괜찮다는 것. 지금이 몸과 마음으로도 충분히 아름답게 춤출 수 있다는 것을 말이다. 훌라는 그렇게 우리 마음속 깊이 숨어 있던 용기와 의지를 조용히 꺼내준다. 그러니 더 이상 망설이지 말자. 훌라는 어떤 몸도 어떤 마음도 있는 그대로 환영해 주는 춤이다. 나이가 들었다고, 몸이 예전 같지 않다고 체력이 부족하다고 주저하지 말자. 하고 싶은 마음만 있으면 된다.

당신 안에도 분명 아름다운 꽃처럼 피어날 훌라의 리듬이 있다. 지금이 바로 시작할 때다. 처음엔 손끝 하나만 움직여도 괜찮다. 그 작은 움직임이 당신 삶의 에너지가 되고 당신만의 이야기를 춤으로 피워낼 것이다. 훌라와 함께라면 우리는 모두 나이와 조건을 넘어 평생 행복하게 춤추며 살아갈 수 있다. 당신의 인생에

도 이제 훌라의 리듬이 흐르기를 바란다. 그리고 그 리듬 속에서
자신만의 아름다움을 발견하기를 바란다.

내 몸 그대로, 훌라는 언제나 환영한다.

나는 100세가 되어 하얀 머리의 할머니가 되어도 훌라를 추고 싶다. 천천히 걷는 발걸음이라도 떨리는 손끝이라도, 음악이 흐르면 몸이 기억하는 대로 움직이고 싶다. 훌라는 나에게 살아 있다는 기쁨을 확인하게 해주는 호흡이자 리듬이기 때문이다.

언젠가 나와 같은 마음을 가진 사람들이 모여 만드는 '훌라 학교'를 꿈꾼다. 나이가 들어도 함께 모여 훌라 이야기를 나누고, 춤을 추고 소품을 만들며 우리의 시간을 아름답게 엮어가는 곳. 기술이 뛰어난 사람이 아니어도, 처음 배우는 사람이어도 그곳에서는 모두가 친구가 되는 학교 말이다. 훌라를 사랑하는 사람들이 많아진다면 이 꿈은 결코 먼 얘기가 아닐 것이다.

나는 믿는다. 춤추는 노년의 삶은 행복하다고. 몸은 조금 굼떠질 수 있어도 마음만은 더 유연해지고 웃음은 더 깊어진다. 함께 웃고 움직이고 노래하는 그 시간은 어떤 약보다 강한 치유가 된다. 그리고 만약 바닷가 석양 아래에서 훌라를 출 수 있다면, 그것만으로도 더없이 행복할 것이다.

노을빛이 파우 스커트에 물들고 파도 소리가 우리의 발걸음을
따라오며, 바람이 손끝의 이야기를 멀리 실어 나르는 그 순간,
그것만으로도 인생은 충분히 아름답다. 그래서 나는 앞으로도
계속 함께 춤을 추자고 이야기할 것이다. 훌라를 사랑하는 사람
들과 손을 맞잡고 우리의 이야기를 춤으로 남기면서.

그리고 마지막까지 이렇게 말할 것이다. 훌라 추며 행복하자!

망하나
놀라인생

초판인쇄 2025년 11월 28일
초판발행 2025년 11월 28일

지은이 김정아
발행인 채종준

출판총괄 박능원
책임편집 최정원
디자인 최가은
마케팅 문선영
전자책 정담자리
국제업무 채보라

브랜드 라라
주소 경기도 파주시 회동길 230 (문발동)
투고문의 ksibook1@kstudy.com

발행처 한국학술정보(주)
출판신고 2003년 9월 25일 제406-2003-000012호
인쇄 북토리

ISBN 979-11-7457-261-5 03810

라라는 건강에 관한 도서를 출간하는 한국학술정보(주)의 출판 브랜드입니다.
라라란 '홍겹고 즐거운 삶을 살다'라는 순우리말로,
건강을 최우선의 가치로 두고 행복한 삶을 살자는 의미를 담고 있습니다.
'건강한 삶'에 대한 이정표를 찾을 수 있도록, 더 유익한 책을 만들고자 합니다.